COLLECTION FOLIO

Patrick Amine

Petit éloge de la colère

Gallimard

Né en 1954 et après une jeunesse marseillaise, Patrick Amine étudie la composition au conservatoire de musique de Marseille, entre dans les premières classes de jazz et de musique électroacoustique. Il vire de bord pour le journalisme et s'installe à Paris. Il écrit pour *Libération*, *Rock'n'Folk*, *Art press* (depuis 1977), *Musique en jeu*, *Le Matin de Paris*, *Actuel* puis pour *Le Monde des livres de poche*, la *Revue des Deux Mondes* et *Janus* (Belgique).

Il a été conseiller littéraire de France Culture-Radio France de 1999 à 2004 et a réalisé des émissions. Éditeur indépendant dans l'édition française depuis vingt ans, il a révélé des romanciers et des essayistes aujourd'hui parmi les plus reconnus.

Patrick Amine est critique littéraire et d'art au magazine *Art press* et collabore à *L'Infini*. Il a publié : *Une vie, une déflagration*, *Entretiens avec Louis Calaferte* (Denoël, 1985) ; *40 Questions, de nos jours, à propos d'Art contemporain* (Éd. Alcyon, Bruxelles, 1997). Il a édité la correspondance inédite entre Henri Michaux et Franz Hellens, *Sitôt lus* (Éd. Fayard, 1999). Il a publié : *Monsieur Rêve*, un livre d'entretiens avec Alain Bashung, *Biographie et Chansons* (Flammarion, 2002), deux livres sur le jazz en France en collaboration, *Mots* (*L'Infini* n° 93, 2005) et un volume sur les carnets de dessins d'Hervé Di Rosa, *Journal modeste*, *Entretiens avec Patrick Amine* (Éd. Buchet-Chastel, 2007). Commissaire d'expositions d'art en Europe, il a notamment organisé l'exposition : *César, Portrait Intime, Dessins inédits*, au musée du Botanique de Bruxelles, en 2005. Il est conférencier à l'ISELP (Institut supérieur des études du langage plastique, de Bruxelles) où il a donné un séminaire en 2007 sur *La Critique d'art comme genre littéraire.* Il a été commissaire de l'exposition : *Un siècle d'art russe et soviétique, 1890-1990*, au musée des Ducs de Wurtemberg, à Montbéliard, mai-septembre 2008.

Que je dorme ! que je bouille
Aux autels de Salomon.
Le bouillon coule sur la rouille,
Et se mêle au Cédron.

ARTHUR RIMBAUD

Pourquoi ai-je épousé la colère ? Pourquoi la colère s'est-elle incarnée en moi ?

L'homme est dans la colère. La colère est dans l'homme. Comme la femme est dans le paysage. Comme le paysage est dans la femme.

La colère est une métamorphose. Elle s'apparente aux mythes grecs qui annoncent des accidents et des suites tragiques aux éléments déclencheurs.

La colère est essentiellement la *colère des dieux*. Quand elle survient sans prévenir, l'homme ou le demi-dieu (Achille dans l'*Iliade* d'Homère) *chavire*, perd toute notion humaine, il s'égare dans une sphère inconnue, dans un monde qui échappe aux vivants, car les dieux s'en mêlent instantanément : ils transforment les corps des vivants, ils les métamorphosent !

Je vous écris depuis une certaine métamorphose.

De mon être, de mon corps.

Je vous écris depuis la brisure des temps anciens quand les faits permettaient aux hommes et aux dieux de se rebeller contre les injustices quotidiennes, contre le cours des sentiments éprouvés et qui n'atteignaient pas leur objet, contre les inégalités, contre la logique de leur vie, contre le destin.

Je vous écris depuis notre présent pour notre futur. J'ai gardé en mémoire et en moi l'éternelle histoire des dieux de la mythologie grecque, des demi-dieux et des hommes qui à travers le temps ont été nos modèles.

Mais cette colère dont je fais l'éloge ne peut être vécue ou assumée pleinement par tous. Elle est essentiellement violente, antisociale et souvent pénible à supporter physiquement et psychologiquement. C'est peut-être la raison pour laquelle je lui voue un culte inaltérable et infini.

La tragédie expose une vision de la vie qui tire son sens de l'infirmité de la condition humaine. Henry James appelait cet état : « l'imagination du désastre ».

La colère est un avant-goût de ciel. Elle renvoie à la métaphysique de celui qui l'assume et l'exerce, elle s'incarne dans d'une sorte de joute poétique avec le monde.

J'ai conçu ce *petit éloge*, cette brève prose, comme un effacement des frontières entre les genres littéraires. Parce que la littérature est hybride par essence ; la fiction est contaminée par le document, l'essai et l'autobiographie : une subtile violation des frontières entre les genres. C'est seulement dans la deuxième partie du XXe siècle que les écrivains novateurs ont enregistré les premières ruptures du début du siècle et ont donné des œuvres qui sont aujourd'hui des modèles. Si l'on considère que la vie est une trame continue, un *roman* peut être tissé comme une *tapisserie* qui s'en irait dans tous les sens en mixant tous les éléments singuliers et intrinsèques des genres.

En conséquence, je vous invite à fréquenter, dans cette lignée d'esprit, *L'Art de la fugue* de Sergio Pitol, les livres de W. G. Sebald, ou ceux d'Enrique Vila-Matas, comme on fréquente des amis. Ceux aussi d'Alain de Botton (écrivain anglais) et notamment *Comment Proust peut changer votre vie*. Il écrit ceci en ouverture : « Les raisons d'être inconsolables abondent : la fragilité de notre corps, l'inconstance de l'amour, le manque de sincérité de la vie sociale, les compromis de l'amitié, l'effet anesthésiant de l'habitude. » Leurs livres nous envoient un grand souffle de sensations essentielles et de liberté qui nous régénèrent. Quelle nervosité littéraire ! Quelle volupté de dire, d'inventer en dehors de toute forme coercitive. La réalité est livrée telle quelle dans le flux de l'écriture, des récits et des expériences. Et chacun de ces livres impose son expérience labyrinthique.

MA COLÈRE

Comment tout ça a commencé.

Les philosophes antiques auraient pu écrire, dans un moment d'égarement, protégés par leur sagesse immémoriale, cette phrase : La colère aime à se cacher. Mais Héraclite a préféré : *La Nature aime à se cacher*. Je ne saurais, en si peu de temps et de mots, discuter les deux aphorismes qui demandent au moins une vie entière et une bonne dose de patience. Je n'irai donc pas par quatre chemins pour vous dire ma colère, vissée à tout mon être, ici et maintenant.

J'éprouve constamment de la colère lorsque je sens immédiatement chez les êtres qui m'entourent leur esprit pernicieux, prêt à déverser sur vous des idées doucereuses, assiégées de bonnes intentions, leur sentimentalisme de quatre sous, leurs falsifications fondamentales.

L'idée reçue distillée invariablement me soulève le cœur.

J'entends et je vois, j'enregistre le panorama. Mon micro-objectif cellulaire analyse la transformation des manipulations génétiques et leurs conséquences insoupçonnées sur la vie du cerveau. Je ne parle pas de l'*esprit*.

Nous avons oublié que les écrivains « modernes » avaient partie liée avec ce que l'on a appelé : les *nerfs*. Baudelaire en donne de terribles exemples dans ses notes à propos de ses contemporains. Et les Goncourt écriront : « les premiers nous avons été les écrivains des *nerfs* ». Je souligne. Une anthologie moderne des nerfs reste à faire. À la fin du XXe siècle un mot revenait souvent et quotidiennement chez les jeunes des banlieues, ainsi que dans un certain cinéma. Ce mot était : *haine*. Je vous invite à composer chacun une anthologie privée de ce que vous ressentez par ce mot. Et une autre de la *colère*. Éminemment idéologique. Le nihilisme ne pénètre pas un tel état de choses, ni le caractère d'une telle pensée. Je reste néanmoins en colère contre cette idée. Un bon scénariste aurait mis dans la bouche d'un de ces jeunes acteurs ce mot : « Il y a, dans la colère et la douleur, une détente qu'il faut savoir saisir et presser. » Mais leur sagesse enfantine reste trop éloignée dans le temps du fameux Joubert. Pourtant, ils savent jouer de la gâchette.

Il n'y a peut-être pas de jours de notre enfance que nous ayons si pleinement vécus que ceux que nous avons cru laisser sans les vivre, ceux que nous avons passé avec *un énervement infini préféré*. Vous voyez à quel rythme et dans quel état d'esprit j'avance dans cette forêt obscure. Qui se souvient de ces colères surgies pendant des heures de plaisir inattendu, que nous préservions comme des objets irremplaçables. Ainsi elle est *rattrapée*. Quoi ? *La colère retrouvée.*

Cette colère, ce sont des ondes qui se promènent dans mon âme. *Ma belle ténébreuse. Elle marche en cadence. Son âme rêveuse appareille. Ses vergues dans l'eau. Quand l'eau de sa bouche remonte. Belle d'abandon.* Elle est *mon serpent qui danse au bout d'un bâton.* Je la modèle, je lui tourne autour, je lui insuffle un air de liberté, je l'éloigne de la vertu. Elle chemine dans Paris, en éprouve tout l'esprit. Comme un papillon imprenable. C'est la raison pour laquelle elle refuse tout obstacle, toute contrariété. Elle court où elle peut s'inciter. Elle a du goût, de l'imagination animale. Elle fantasme sur des objets, des sujets, des politiques, des idéologies : elle attend sa dépouille. Puis elle se jette dans la houle. Elle s'enfouit jusque dans les alluvions pour en extraire l'écume. Et, un beau matin, elle s'absente, par ironie. Personne ne sait quand elle réapparaîtra. Elle est une fête perpétuelle pour elle-même, car elle sait se déguiser. Elle caresse tous les péchés sans les user. Elle ne s'illusionne pas sur son monde. Sa réalité est autre. Elle entend mille bruits, mille fureurs. Son élégante persévérance est légendaire. Elle traque les truqueurs. Elle perçoit l'erreur, au loin.

Elle se défie des faux-semblants et de ces innombrables gestes ostentatoires. « Vivant dans une ville immense, dans un siècle d'ambition forcenée et corrompu, au sein d'une littérature de prétentions insatiables, de vices infâmes, outrageuse et pleine de boue, je me suis appliqué de bonne heure à pousser très loin en moi la faculté du mépris » (Sainte-Beuve).

C'était peut-être un écrivain « modéré » ; il avait pourtant écrit un roman étrange : *Volupté.* Une sorte de contradiction de presque toute son œuvre de critique littéraire, de ses portraits.

De fait, je laisse ma colère se consacrer à son rôle. Belle d'abandon. Elle me transporte de situations inextricables en situations dédaléennes. Les protagonistes de ce désordre spirituel et physique ambiant engorgent mes nerfs. Mon sang tourbillonne comme un cyclone. C'est le vieil *océan* de Lautréamont, tout à coup, qui s'empare de moi. Et je pense à tous ces vertueux qui polluent nos allées. Nietzsche avait totalement raison. Je me suis vite aperçu que les êtres, dont l'excès de vertu est brandi comme un étendard, finissent irrémédiablement par exercer et réclamer le maximum de police pour tous. C'est gravé dans leur tête, écrivait-il. Vous comprendrez mon état permanent de fureur.

Colère, tu vivras !

Au diable les préambules.

Nous sommes des êtres « inharmoniques ». Les philosophes parleraient de notre : *facticité.* C'est notre force et notre faiblesse : de penser tout cela.

La colère est une des principales vertus de l'homme contemporain, de tout homme vivant de nos jours.

Pareillement, j'ai été le sujet de colères nombreuses pour des amis, pour mon environnement social immédiat et pour, bien sûr, mes ennemis. Je vais vous raconter les plus formidables, les plus violentes, les plus dures, les plus absurdes, les plus désenchantées — les plus inconcevables et les plus humoristiques !

FICTION

Le mot ne manque jamais
quand on possède l'idée.

GUSTAVE FLAUBERT

À l'instant où j'arrivai dans le bureau du directeur, Y. G., je m'attendais, tout à coup, à la question ultime.

— Patrick, tu ne changeras pas… de sujet, comme les autres l'ont fait ?

Cette phrase étrange fit un tour dans ma tête et j'en pris la mesure. Je me retins, en souriant, comme pour marquer ma disponibilité et ma bonne humeur.

— Jamais ! Cher Y. Tu me connais depuis des années. Elle m'habite depuis toujours et ce n'est pas toi qui me feras changer d'avis.

À ce moment-là, Y. prit une attitude complice — la gestuelle alerte.

La discussion reprit entre nous comme nous avions l'habitude.

Soudain tout bascula dans ma tête. J'étais pris par une mélancolie instantanée, une sorte de névralgie électrique, une pointe qui perçait mes côtes.

Ma mémoire m'envoya des signaux étranges. Des milliers d'images refaisaient surface. Des sons, des gestes surgissaient avec des personnages. Ils m'assaillaient.

De colère.

JOURNAL. JUILLET 2007

Toute biographie est fictionnelle et toute fiction est autobiographique.

BARTHES

En me levant ce matin, je me suis senti comme dans la peau de Des Esseintes, le personnage d'*À Rebours*. Enfermé dans une maison loin de Paris, j'ai concentré ma colère pour mieux la distiller, la diffuser comme des ondes sonores dans l'espace où je m'étais retiré avant de la projeter très loin d'ici. De même qu'il y avait près de moi tous les instruments de la technologie moderne mais surtout un GSM 3G Edge, Nokia 61, qui permet de communiquer, de recevoir sons, textes en fichier *Word*, images de toutes sortes et d'envoyer pareillement de la voix, des mots, de la musique et les bruits environnants qui n'auraient pas déplu à Maldoror.

Je pense à Courbet, Manet et quelques autres.

Je relis un livre de Michael Fried (qui avait écrit sur ces peintres), l'auteur de *La Place du spectateur* (1990), qui surgit comme la lumière d'été sur un fond de campagne où bruit le vent dans les arbres. Michael Fried rapporte cette phrase étonnante : « La culture des cinq sens est un travail de toute l'histoire du monde jusqu'à aujourd'hui. » Elle est extraite des *Manuscrits de 1844* de Karl Marx.

Cette phrase ouvre une infinité de résonances par son rythme, sa limpidité et sa richesse philosophiques. Elle déploie rapidement et nerveusement pour le lecteur que je suis une excitation de la pensée et un élan pour en démêler tous les fils.

Ma colère fait partie de mes sens. Elle est l'exacte suite nerveuse, physiologique de mon corps : antenne de vibrations singulières, insolites qui me parviennent dans des instantanés de confusion au moment où ma perception de la réalité se modifie quand les signaux de mes cinq sens m'indiquent les perturbations provenant de l'extérieur.

Journal sismographique des sens

Et ce sont par rafales intenses que des images infinies me sont venues. Elles m'ont habité. Des hommes et des femmes en colère, des situations inextricables qui finissent par déclencher des attitudes incontrôlables, des histoires qui permettent aussi aux hommes d'*être debout*.

La colère est le propre de l'homme qui *reste debout*. Elle empêche d'être laminé. Il faut l'apprivoiser, puis la comprendre telle une enfant sauvage.

La colère est une sorte d'*acide aminé*, c'est-à-dire, une substance énergétique qui pousse à réagir, à vivre. Elle est totalement régénératrice, elle active le sens critique. Elle est le détonateur imprévisible quand on essaie de vous abrutir par des fadaises, des pressions d'ordre philosophique, religieux, politique ou esthétique.

RÉCIT

Vous qui entrez, laissez tout désespoir.

ISIDORE DUCASSE

Maurice V., un ami journaliste, sort d'une projection de film et descend l'avenue des Champs-Élysées. Au moment où il se dirige vers un kiosque à journaux, il voit quelques femmes voilées, les yeux émergeant juste d'un petit rectangle et habillées en noir, qui suivent leurs hommes comme des animaux en laisse. Il s'approche de l'un d'eux et lui demande s'il parle français. *Non*, répond ce dernier. Et il s'adresse à lui en anglais : « *I'm shocked !* » en désignant les femmes voilées. Le barbu lui rétorque : « *It's religious.* » Maurice répond : « *You don't respect my country.* » Et il continue sur le même ton : « Ce que je vois là me fait honte et fait honte à mon pays ! *It's Middle Ages !* » lui envoie-t-il, tout de go, finalement. L'homme — un musulman d'Arabie Saoudite probablement — s'en va sans répondre à ses propos. La scène méduse les passants qui remarquent le courage de mon ami. *(Quelle dose de patience et de courage a eue cet ami !)* Cette scène de rue, surtout l'été, est un exemple très répandu de l'archaïsme que l'on constate dans toutes les grandes capitales européennes à présent.

Son indignation se répétera un autre jour sous une autre forme. Cette absence de respect de la laïcité, qui se répand dans les écoles et autres institutions, est la résultante naturelle et historique du laxisme des autorités politiques françaises depuis plus d'une vingtaine d'années. On prendra la mesure, sans doute trop tard, des effets pernicieux de cette « tolérance » présumée de certains États qui ont laissé se développer les mutations de cette lente et sûre pénétration de l'intégrisme islamique en Europe. Nous avons l'impression que les exemples néfastes de ces archaïsmes, qui s'accumulent partout dans le monde telles des formes de régionalismes terroristes, ne servent pas de leçon.

Deux jours plus tard, ce même ami se rend dans un grand magasin de la Rive gauche pour acheter un cadeau. Une jeune femme brune le sert agréablement. Il lui trouve un accent qu'il ne sait pas localiser géographiquement et lui demande alors d'où il vient. Elle lui répond : *je suis iranienne*... Et la conversation s'engage entre eux.

— Quelle grande civilisation ! J'ai lu tout Sadegh Hedayat (écrivain né en 1903 à Téhéran, il a vécu à Paris jusqu'à son suicide en 1951).

— Vous connaissez... alors.

— J'espère que votre pays va s'en sortir... de cet obscurantisme...

— Oui, mais vous en France, vous avez un problème avec le voile…

Mon ami est surpris et reste quelque peu interloqué par sa réponse. Il enchaîne, perplexe, sans aucune brutalité :

— Compte tenu de ce qui se passe depuis des années, le voile symbolise pour nous quelque chose… ce que ça cache… ce que ça couvre et ce que ça entraîne… juste au moment où votre président fait ses déclarations intempestives…

— Les femmes, chez nous, font ce qu'elles veulent, dit-elle.

À ce moment-là, Maurice laisse venir les choses, plutôt les mots au fil de la conversation, dans le grand magasin de la Rive gauche. Il constate rapidement que la jeune vendeuse iranienne n'apparaît nullement solidaire des femmes brimées, martyrisées, lapidées dans les stades, etc.

— Et les juifs ! lance-t-elle soudainement.

Il la laisse encore parler et son sang ne fait qu'un tour. Mon ami a la voix qui porte et ses emportements sonnent en général. *(Moi, je n'aurais pas gardé mon calme aussi longtemps.)*

— Mais ça n'a rien à voir avec le peu de femmes juives orthodoxes qui portent perruques…

— Et Sharon et Bush !

— Vous voulez réduire Israël en poudre ? C'est ça ! et vous croyez aussi que je vais me réjouir de la guerre en Irak et des centaines de personnes tuées tous les jours !

— Mais en Angleterre, elles peuvent porter le voile et c'est mieux…

— Madame, vous êtes antisémite et vous me

parlez comme votre président, vous n'avez pas votre place ici en conséquence !...

Sur les derniers mots de mon ami, la jeune femme s'en va en courant, se sauve presque.

Il se rend alors à une caisse pour régler ses achats où un responsable qui a vu la scène ne fait aucun commentaire, mais semble tout à fait souscrire à ses propos, embarrassé. Puis il change de rayon. Il pense à la situation qu'il vient de vivre, il est encore stupéfait par les propos que cette Iranienne lui a tenus. Il s'approche d'une autre vendeuse du magasin et lui fait part de son énervement.

— Je vois qui c'est. Une petite brune ? demande-t-elle.

À ce moment-là, mon ami cherche un bureau d'accueil pour s'adresser à un responsable, mais n'en trouve pas. Il laisse tomber. Énervé, dépité mais toujours accablé. Il aurait voulu dire qu'on n'emploie pas une personne qui tient de tels propos — qu'elle n'avait pas sa place dans un tel endroit.

Deux jours plus tard, je lis dans *Le Figaro* qu'un Égyptien, devenu chrétien, vit un calvaire parce qu'il a voulu officialiser son changement de religion sur ses papiers d'identité. Considéré comme apostat, il vit dans la clandestinité après avoir reçu des menaces de mort de la part d'extrémistes musulmans. Il y a neuf ans déjà que M. Hegazi, jeune homme de vingt-cinq ans, s'est converti au catholicisme. Aujourd'hui, il a peur. Il reçoit des menaces de mort sur son téléphone portable bien qu'il change de numéro très souvent, des fanatiques se le procurent quand même.

Qui se souvient qu'en Égypte, en 1990, l'écrivain et journaliste Farag Foda, apostasié, a payé de sa vie une telle accusation ? Naguib Mahfouz, prix Nobel de littérature, avait échappé de peu au poignard d'un illuminé. Ses écrits avaient été jugés « blasphématoires ». Encore aurait-il fallu les avoir lus !

Le monastère copte de Saint-Antoine, près de la mer Rouge, est l'un des plus anciens du monde. La minorité chrétienne est estimée à un dixième de la population égyptienne. Comme dans d'autres pays du Proche-Orient, le christianisme est un héritage de la période préislamique. Des millions de chrétiens égyptiens et d'autres pays du Proche-Orient appartiennent à l'Église copte orthodoxe. Les coptes ont toujours été menacés par les persécutions en Égypte. Les coptes appartiennent aux Églises orthodoxes orientales. Les autres confessions présentes en Égypte comprennent des coptes catholiques et protestants, des orthodoxes grecs, ainsi que des catholiques romains. Il y aurait tellement à écrire et les protestations seraient sans fin ! *On n'arrête pas le progrès !*

« On est saisi d'étonnement et même d'épouvante lorsqu'on entend des hommes parler d'affranchir l'Homme. Comment des esclaves affranchiraient-ils l'Esclave ? Et comment croire que l'Histoire — procession de méprises — puisse traîner encore longtemps ? » (Cioran.)

FAIT DIVERS

Malheureux qui ne peut même exhiber sa colère — car le mal qu'il ferait en se soulageant lui ferait mal.

PAUL VALÉRY

C'était un 12 octobre 1960, à l'ONU. L'image extraordinaire m'est entièrement revenue comme si je l'avais vécue en direct. J'avais d'abord entendu l'information à la radio, puis l'image fut publiée dans les journaux. À cette époque, j'habitais un pays où la télévision n'existait pas.

Lorenzo Sumulong (représentant philippin) déclare au sujet de la politique russe, à un moment donné, que « les peuples de l'Europe orientale [qui] ont été avalés, si l'on peut dire, par l'Union soviétique... » Tout à coup, Khrouchtchev se lève, réclame la parole, en une gestuelle véhémente ; le Président ne la lui donne pas, il se baisse puis ôte sa chaussure et tape sur son pupitre à coups redoublés ! Il met en scène sa colère naturelle d'homme qui ne pouvait s'exprimer. Une première dans l'institution politique.

Ainsi mes parents ne cessaient d'en parler comme d'un « geste de folie ». À ce moment-là, nous vivions dans un pays communiste d'Afrique et prochinois.

Khrouchtchev s'était-il souvenu, (on peut le supposer) des contestataires du tsar, en 1905, au Parlement russe, qui s'étaient déchaussés et, utilisant leurs godillots, avaient martelé les tables qui se trouvaient devant eux en signe de protestation ?

On me rapporte que *Le Canard enchaîné* titra à l'époque : « Sandale à l'ONU ! »

UNE COLÈRE FERROVIAIRE

Rien ne se passe sans conséquences :
rien ne s'est jamais passé sans antécédents.
ANONYME

Décor : une agence de billets de la SNCF.

Époque : été 2005. Lieu : Marseille, centre-ville.

J'attends mon tour assis sur une chaise de l'agence. Il est seize heures trente environ, je reviens de la mer. Je dois retirer une réservation pour un prochain voyage dans le Sud et le régler avant une certaine date. Quand je vais dans les calanques pour me baigner, j'emporte avec moi un strict minimum et, bien sûr, mon téléphone cellulaire. J'ai sur moi deux cartes de crédit (ce détail est très important pour la suite de l'histoire) et sans doute un chèque plié dans mon porte-cartes. J'attends mon tour impatiemment, car le soleil, ce jour-là, tape très fort et je veux rentrer. Mon tour arrive. Je me retrouve face à une jeune femme quelque peu stricte. Elle prend le code de ma réservation et imprime les billets.

Elle me demande comment je désire régler et je lui réponds « en carte Visa ». Je sors ma nouvelle carte Visa de mon étui et la lui tend. Elle la passe une fois sur la bande magnétique, sans succès, puis une seconde fois. Et à ce moment-là, elle regarde son écran et s'adresse à moi.

— Votre carte ne marche pas... elle est interdite !

— Je ne comprends pas, elle marchait tout à l'heure. Je ne comprends pas ce que vous dites. Vous l'avez bloquée. Bon, je vais payer autrement ou vous donner une autre carte.

Je réclame ma carte. Elle me répond :

— Votre carte est interdite, je suis obligée de la garder.

Je suis hors de moi et lui redemande vivement et énergiquement ma carte devant quelques clients présents dans la salle. Je commence à m'échauffer, à hausser le ton — le soleil m'avait un peu endormi, à vrai dire — et lui intime d'appeler son chef de service dans la seconde. Elle me répond qu'il n'est pas là. Alors je lui demande d'interroger ma banque pour éclaircir l'opération qui n'a pas pu fonctionner et en chercher les causes.

— Je ne peux téléphoner, dit-elle, placide et hautaine.

— Et ce téléphone, il ne marche pas ?

— Non, je ne peux pas appeler.

Je vois rouge tout à coup. Elle se lève et part avec ma carte Visa... Je lui demande où elle va et elle me répond derrière, dans un bureau pour l'entreposer...

Je commence à bouger, à me lever, à l'interpeller très fort, elle disparaît puis revient fringante. Je fulmine, je lui jette un œil noir. Je lui réclame ma carte avec fureur. Et à ce moment-là, j'ai l'idée d'appeler ma banque avec mon portable, tout en restant face à elle. Imperturbable, elle me dévisage. Je m'énerve car je n'ai pas mon carnet d'adresses, mais finalement le numéro de mon banquier était répertorié dans mon GSM. La sonnerie retentit à l'autre bout. Une femme répond et je lui demande de me passer M. T. Elle répond qu'il est déjà cinq heures et que tout le monde est parti dans le service. Je lui explique rapidement l'embarras dans lequel je me trouve et l'impossibilité de récupérer ma carte auprès de l'employée zélée. Elle me recommande alors de joindre le service européen des cartes Visa pour vérifier s'il y a un dysfonctionnement quelconque. Ma montre marque cinq heures cinq minutes... N'ayant pas le numéro de ce service, je suis furibond et je deviens de plus en plus chèvre. Je broute le néant et l'absurde, j'écume face à la bêtise infinie. Je reste furibard devant cette conne ! Elle me somme de quitter mon siège et de laisser la place aux gens qui attendent. Je peste et lui réclame à nouveau violemment ma carte à haute voix. Je me retiens de l'empoigner, de passer derrière son bureau et d'aller lui prendre ma carte car je me sens dépossédé. Je suis englué sur la chaise. Une demi-heure passe, il faut me résoudre à quitter cet enfer de la SNCF, totalement exaspéré par mon incapacité à réagir aux faits. Je sors et je téléphone à mon avocat qui se trouve aussi dans le Sud. Je lui laisse un message, puis je rentre à l'hôtel.

Cet épisode de fin d'après-midi d'été m'a épuisé et m'a démoralisé. Je ne souhaite qu'une chose : rentrer à Paris et remuer ciel et terre. Dans la soirée j'envoie un mail à mon banquier en lui racontant tout. Les nerfs toujours à vif. Ma nuit est des plus mouvementées. Je tourneboule sans cesse. J'attends le lendemain matin impatiemment. Debout à huit heures, je prends mon café et m'habille très vite. Le téléphone sonne à neuf heures précises. C'est mon banquier, très aimable. Il est atterré par ce qui m'arrive. Il me dit de retourner à l'agence, de le faire appeler pour confirmer que ni ma carte ni mon compte ne présentent de dysfonctionnement. Il faut que l'on me la rende expressément car seules les banques peuvent confisquer les cartes, mais en aucun cas les commerçants.

Je retourne à l'agence ce matin-là, ragaillardi par les paroles confiantes de mon banquier, fortifié par une sorte d'optimisme mâtiné de rage sourde, renasquant en moi-même. Le temps me semble si long ce jour-là. Je renonce à me rendre en Avignon pour un spectacle et je décide de rentrer à Paris dès le lendemain dare-dare, avant que ma tête ne fume encore. En arrivant à l'agence, je demande le responsable. La vendeuse de la veille est absente. Une femme m'indique une autre femme que rien distingue comme étant la chef. Je me présente à elle, irascible. Elle est au courant de l'incident d'hier. Je lui demande expressément de joindre mon banquier que je viens d'avoir pour élucider cette affaire au plus vite et récupérer ma carte Visa. Elle compose le numéro que je lui donne — bizarre qu'elle puisse téléphoner sans rien dire ! Je prends d'abord le banquier au téléphone avant de passer le combiné à la chef du service. Il lui explique qu'il n'y a aucun dysfonctionnement sur ma carte ni sur mon compte qui est approvisionné, il lui demande de me rendre ma carte. Tout à coup la femme lui explique qu'elle a envoyé ma carte dans un service spécial à Limoges pour la faire détruire ; c'est « la règle » dans ces cas-là. Puisque l'ordinateur indiquait que la carte ne fonctionnait pas ! Le banquier reste étonné et sans voix par cette pratique illégale. Je lui reparle, il me conseille d'annuler cette carte et me propose d'en fabriquer une autre par sécurité. Je lui dis *okay,* impatient de régler tout ça. Après le coup de fil, j'exige énergiquement que la chef de service me remette un papier justificatif de cette opération ainsi que l'adresse du siège social de la SNCF à Marseille, son nom et le nom de l'employée d'hier. Ce qu'elle fait, penaude, mais avec une certaine nonchalance bureaucratique, comme si sa responsabilité n'était nullement entachée. Je repars avec une feuille de papier à l'en-tête de l'agence et son nom, mais il ne figure aucun téléphone de la direction. Je l'ai en travers de la gorge. Les choses ne vont pas se passer comme ça. Impatient, je me jure de trouver dans l'heure l'adresse du siège central de la SNCF. Ce qui n'est pas une mince affaire car, par téléphone, il est impossible d'obtenir ce renseignement, aucun numéro attribué ne correspond à un quelconque bureau. Une opacité totale. Société secrète. Personne au bout du fil. Que des numéros fictifs. J'ai alors une vive intuition, je me rends à la gare Saint-Charles. Là, je guette le manège qui se déroule à l'étage de la gare où sont, sans doute, installés les bureaux. Je me poste près d'une porte qui donne sur les quais. Une personne descend l'escalier et j'accours vers elle pour lui demander quelle est l'adresse du siège social. Elle me répond que c'est ici et me donne l'adresse exacte. L'affaire est dans le sac.

Je joins mon avocat pour lui faire le récit de mes tribulations et de mes recherches avec un soupçon de désespoir dans la voix. Il me conseille alors de déposer une plainte au commissariat de police pour le dossier et d'envoyer immédiatement une lettre recommandée de réclamations au centre de la SNCF de Marseille. À son retour de vacances, il prendra l'affaire en main.

Le lendemain, je regagne Paris avec un brin de soulagement. Je rumine encore les démarches qu'il me faut faire pour gommer l'absurdité de cette situation.

Quelques mois plus tard, la mécanique se remet en marche et m'entraîne jusqu'au tribunal.

Mes nerfs s'enflamment régulièrement durant plus d'une année !

L'illogisme et l'engrenage de cette situation augmentent au fil de deux procédures, des avocats, de la SNCF et des juges — jusqu'au blackout total.

PHYSIOLOGIE ET PSYCHOLOGIE

Tout me revient comme des vagues. Mes colères ont des noms différents. Elles se sont incarnées dans des personnages étranges, des personnages de romans qui jouent des motifs récurrents, des mélodies entêtantes, des actions parfois violentes, parfois douces comme des vagues inattendues. Non ! je ne me fais pas de *bile*.

Je ne prendrai non plus de calmants, cher docteur. Vous m'attendez au tournant ? N'est-ce pas ?

Vos meilleurs amis vous traitent de fous. Mais résistez.

Il est vrai que nous dévoilons une partie de notre être dans la colère. Nous donnons à l'autre une brève vision de la « folie », une mauvaise humeur parfois violente qui peut se traduire abstraitement par des mots ou physiquement par un type de comportement vif, nerveux ou emporté. La colère vous emporte comme le désir de la passion amoureuse, comme le désir d'assouvir un souhait. Le corps demande cette excitation particulière qui fait l'effet d'un stimulant, d'une légère drogue dans le cerveau.

La colère possède une forme de fugacité dans son désir. Elle peut être totalement imprévue dans ses effets. Dans la colère, la pression artérielle, cardiaque, respiratoire augmente. Le sang monte à la tête, dit-on. Et les émotions se lisent sur le visage de l'homme en colère. Les nerfs peuvent lâcher. La force nerveuse se concentre et entraîne l'action viscérale et émotive qui consiste à *se mettre en boule*. Puis à débouler tout de go, vers l'objet de sa colère.

Notre fameux pape, Grégoire le Grand, dans ses *Moralia*, traduisait certaines manifestations du corps dans l'état de colère ainsi :

« Le cœur enflammé par les aiguillons de la colère commence à palpiter ; le corps tremble, la langue se bloque, le visage s'empourpre, les yeux s'enflamment ; la personne entière devient méconnaissable tandis que la bouche lâche des cris dénués de sens. »

Il fut un temps où la colère était considérée comme un vice. De nos jours, nous ne pouvons plus la considérer seulement comme le déchaînement incontrôlé de l'agressivité humaine. L'esprit de la colère vient par la *langue*. Ainsi, c'est la langue qui lance des imprécations comme des flèches. Le corps à corps a disparu. Les mots viennent remplacer les luttes physiques.

L'homme en colère est un frondeur.

Il jette des éclairs. Son visage a mille couleurs ou bien il est d'acier chromé ou bien vermillon comme les marines singulières de Courbet. Le corps bat la chamade de la fureur. Ses muscles se raidissent, prêts à se dénouer dans une ultime phase pour libérer toute l'énergie.

« Les psychologues évolutionnistes considèrent cet *arousal* (mot anglais qui signifie *excitation* et *éveil*) comme une réponse innée qui prépare l'organisme à réagir face à différents événements (menaces, frustrations, etc.) survenant dans l'environnement », comme le souligne le neurobiologiste Jean-Didier Vincent. Ainsi, quand notre colère entre en contact avec un objet extérieur, nous sentons une forte montée d'adrénaline. Dans ces moments, elle accomplit parfois une tâche difficile et souvent nécessaire si son but est de consolider notre position sociale.

Aujourd'hui, les recherches sur le cerveau humain ne cessent de révéler de nouveaux fonctionnements. Ces découvertes induisent, parfois, des applications dans divers secteurs. Par exemple, les créateurs de la réalité virtuelle se rapprochent des cogniticiens et des neurophysiologistes pour tirer profit de nouvelles connaissances acquises sur la mécanique du cerveau. Il s'agit pour eux d'une re-création informatique du monde qui revient à produire une *simple incitation* du cerveau lui-même à la production d'illusions. On pourrait envisager — en calquant les modèles informatiques, les paramètres, les algorithmes, pour recréer des stimuli nuancés de la colère — une colère synthétique, une colère en 3 D (en trois dimensions, avec *special effects* !). Qu'en pensez-vous ?

Il paraît que l'Esquimau *utku* ne se met jamais en colère. Il trouve que les éclats émotionnels des étrangers sont obscènes et déplacés.

FICTIONS DE VOYAGE

Les Morts du Karst, roman de Veit Heinichen (écrivain autrichien) qui se déroule à Trieste, commence ainsi : « Proteo Laurenti écumait de colère… » Nous ne sommes pas toujours seuls.

Il y a une colère contenue qui se dessine en filigrane dans ces mots. Quant à lui, Proteo venait d'apprendre une très mauvaise nouvelle : sa compagne avait un autre homme dans sa vie. Elle partait faire le point. Puis il sortit ce dimanche matin pour se rendre au Caffè San Marco, monument historique de la ville.

Nous avons tous ressenti ces sensations liées à ces scènes plus ou moins semblables dans le cours de notre vie. Elles nous font basculer dans une autre dimension de la réalité qui n'est plus du tout celle que vivent les gens qui vous entourent. Nous ne discernons plus les mêmes contours des formes, des choses ; les faits et gestes prennent une autre signification et notre esprit n'envisage plus comme auparavant les idées qui passent par la tête de nos semblables et qui viennent se cogner contre les nôtres ! Notre mémoire se met à bouillonner comme l'eau d'un jacuzzi et fait remonter à la surface des paillettes qui apparaissent comme les dépôts de matière de nos inquiétudes éteintes et enfouies, de nos énervements passés et comprimés comme dans un grenier à jamais inaccessible.

Restons en Italie.

Giuseppe Ungaretti, le grand poète italien, a écrit ces très beaux vers :

Ne criez plus
Cessez d'assassiner les morts ;
Ne criez plus, pas de cris
Si vous voulez les entendre,
Si vous espérez ne pas périr.

(Non gridate più/ cessate d'uccidere i morti /
Se li volete ancora udire.)

RÊVES

De toute la mémoire, seul vaut
le don précieux d'évoquer les rêves.

ANTONIO MACHADO

Chaque rêve qui se pâme ici raconte une histoire. Un récit, un moment de la vie quotidienne. Un extrait de carnet qui est éparpillé sur ma table. Une rencontre. Il y a aussi d'anciennes lectures qui resurgissent à l'improviste quand je me promène le long de mes bibliothèques en sortant tel ou tel livre : un entretien de Faulkner donné en 1956, un autre de Truman Capote quelques années plus tard — ou bien des livres écrits par des écrivains qui sont des amis, à Paris ou ailleurs en Europe, en Amérique du Sud. Chaque rêve traverse le temps et les origines.

La colère a du charme

La colère est en vous comme une macédoine de gènes vagues et houleux se livrant sans cesse une guerre intestine, biologique et irrationnelle.

Lequel de ces gènes arrivera à s'affirmer comme élément majeur du *sujet* qui nous habite. Allons plus loin.

À propos : je me demande à présent ce qu'il en serait si l'on déclarait que la colère est la plus grande des vertus éthiques et sociales ? Vous ne voyez sans doute là rien qui vaille — aucune tempérance physiologique, morale ou philosophique — dites-vous ? Vous jetez l'éponge, et moi les dés. Advienne que pourra.

Les Américains trouvaient que Faulkner était passionné par la violence. Quand on lui posait la question concernant les personnages de ses romans, il répondait que le bien et le mal étaient présents dans la grande mécanique de la vie, que la plupart des gens se débrouillaient avec. Scénariste à Hollywood, il racontait son travail plaisant avec l'acteur Humphrey Bogart qu'il appréciait. Il aurait aimé, s'il avait pu continuer dans La Mecque du cinéma, tirer un film de *1984* de George Orwell. Il avait une idée pour la fin, une thèse qu'il ne se lassait pas de répéter, à savoir que *sa volonté de liberté rend l'homme indestructible.*

« Un artiste est un être que poussent ses démons intérieurs », disait-il. Je sens très fortement dans ses propos une certaine couleur de la colère qu'il a dû éprouver à plusieurs occasions dans son travail de scénariste.

Je rêve que les phrases possèdent un son. Une sonorité particulière. Quel est le son de la colère ? C'est souvent ce que me demandent certaines personnes qui me connaissent (pour en avoir le cœur net et des preuves !), car elles ne peuvent s'imaginer que ma nature puisse cacher une si forte composante, alors que mon tempérament de tous les jours est plutôt enclin au calme olympien. Ils voudraient me voir hurler, briser tout autour de moi, soit : faire beaucoup de bruit qui serait l'empreinte d'un style de colère — du style de ma colère !

Le son de ma colère tue comme une flèche tirée d'une direction insoupçonnée et se plante dans votre nuque sans bruit.

« Je préfère le silence au bruit, et l'image produite par les mots apparaît dans le silence. Je veux dire par là que le tonnerre et la musique de la prose naissent dans le silence », remarquait encore Faulkner.

La colère naît toujours dans le silence. Elle naît dans le silence de l'âme et de la pensée. Elle naît dans un mouvement simultané au fond des entrailles et de l'esprit qui en évalue sa portée et sa projection dans l'immense *matière* de la réalité.

Comme le désert, la colère est un espace nu. Plus que le primitivisme, c'est le dépouillement qui la distingue d'autres symboles. Une différence de sens soutient son esthétique. Elle modèle le paysage sur lequel elle se projette.

Kiukku !
Criez ce mot finnois qui signifie colère.

J'ouvre encore une digression. Je suis coutumier du fait.

DESDE LA CIUDAD NERVIOSA

J'habite une ville nerveuse. J'habite une ville où l'air que l'on respire est épileptique. Paris est une ville qui change. Paris est une ville mutante. Une ville européenne qui ne cesse d'offrir de constantes transformations dans sa matérialité quotidienne, dans son espace et dans ce qu'elle déclenche pour celui qui la vit ou l'envisage comme un familier ou comme une personne de passage. Elle mute comme ces insectes qui apparaissent lors de grands changements climatiques au moment où on s'y attend le moins. Le paysage de la ville se transforme petit à petit. Prenez une voiture et faites le tour de Paris, d'un quartier à l'autre, d'un extrême géographique à un autre, sans laisser rien au hasard. Regardez le mouvement des corps dans les rues, le mouvement des gens qui prennent un café, puis de ceux qui arpentent les rues sans savoir dans quelle direction aller. Écoutez le son particulier de chaque quartier, selon où vous vous trouvez : le vingtième arrondissement n'a pas la même tonalité, le même timbre que le dix-septième, ce dernier paraît si loin du onzième ou du sixième, par exemple. Chaque quartier distille une nervosité essentielle à ses particularismes qui forme une entité originale, une réverbération d'éléments indécelables qui modifie nos sensations, au fur et à mesure qu'elle se propage autour de nous lors d'une longue promenade. Nous ressentons tout à coup une légère intoxication.

Je vous écris depuis cette ville nerveuse, *rabbiosa, furiosa*, Paris. *Desde la ciudad nerviosa.*

ONE MORE TIME

Achille, *one more time.*

Au commencement, il y avait la colère de Dieu.

Au commencement, il y avait la colère d'Achille.

Qui veut être Achille de nos jours ? Qui veut se parer de son bouclier et conduire ses chevaux magnifiques ? Qui veut chanter comme lui un mécontentement infini, une mélancolie électrique, une nervosité à fleur de peau, une colère immémoriale.

Les jours que nous vivons, notre moment actuel, renvoient toujours à un passé éternisé qui seul lui donne un sens intelligible.

Le héros homérique reste totalement immuable. Il possède tout : l'intelligence, la force, la beauté, le courage, *la jeunesse pleine de sève*, tel Achille, et le pouvoir. Le héros jouit d'un statut surnaturel et historique, proche du statut divin.

Le passé demeure éternellement présent et éternellement recommencé. L'épopée rappelle, commémore et célèbre les événements primordiaux qui, une fois achevés, donnent lieu à une répétition perpétuelle « dont la charge désormais incombe aux hommes », comme le souligne Marthe Robert. *One more time*… la bluette entêtante et électronique du duo Daft Punk !

Je rêve que je suis en présence d'Achille. Je rêve que je traverse les siècles, le temps, l'espace.

Je rêve que je suis dans la peinture de Giotto, de Fra Angelico et que je regarde surgir sous leur main d'artiste la figure, les formes, les symboles et les attributs de la colère.

Je rêve de cet homme en colère. Je rêve que tout ce qui arrive, ici et maintenant, dans le Temps et hors du Temps, est une forme de *vertu*, mon idée de la vertu — transgressant ainsi les « données » religieuses, morales et philosophiques des sept péchés capitaux.

« Chante, déesse, la colère d'Achille, le fils de Pelée, cette colère funeste qui valut aux Achéens des souffrances innombrables, qui précipita chez Hadès tant d'âmes valeureuses de héros, et de leurs corps fit la proie des chiens et de tous les oiseaux du ciel, pour que le vouloir de Zeus s'accomplisse » (*Iliade*).

Achille, ta légende est la plus pop de la mythologie grecque
Achille, ta légende est la plus ancienne le nec le plus ultra
Même si ta colère avait causé la perte de l'armée grecque
Je ne t'en aurais pas voulu
Toi, fils de Pélée qui descends tout de go de la race de Zeus

Par ton père et par Thétis ta déesse mère, fille d'Océanos, dieu de l'Océan
Toi qui fus confié au centaure Chiron, après que ta mère a chassé ton père
Toi qui fus épargné par le feu / Ayant juste l'osselet du pied droit brûlé / Mais ton talon a évité les eaux du Styx
Chiron te remplacera l'os brûlé par un bout d'os de Damysos
Maintenant tu cours plus vite que tous !
Yeux étincelants et voix puissante
Nourri d'entrailles de lions et de sangliers
Douceur et persuasion t'étaient données
Ton destin te portait avec Ulysse, Nestor et Patrocle vers Troie
Protégé par une armure divine offerte autrefois par Héphaïstos à ton père
Et d'Argos en Aulis tu reprendras la mer
Tu te brouilles avec Agamemnon / Tu tues Ténès
Et l'Oracle s'accomplit / Mis en garde par ta mère en vain :
Tu ne tueras pas le fils d'un dieu / One more time, Achille
Tu prêtes ton armure à Patrocle pour défendre les bateaux des Grecs / Il succombe sous les coups d'Hector
Achille, toi endeuillé à mort, empli de colère, tu fais reculer les Troyens
Les dieux ont dealé avec le destin, tu sais
Achille, tu traîneras le corps d'Hector derrière ton char autour de Troie / tu lui as percé les talons pour fixer des lanières de cuir
Achille, one more time

Tu rentres à présent au camp pour les funérailles de Patrocle
Et Priam te demande son fils
Tu le lui remets enfin pour solde de tout compte
En reprenant la bataille, un archer dont la main guidée par Apollon atteindra le point le plus vulnérable de ton corps :
ton Talon, Achille ! plus jamais ça
Ulysse ramènera ton corps à Thétis où les Muses et les Nymphes te célébreront / Athéna t'enduira le corps d'ambroisie pour éviter la putréfaction
Achille, one more time
Inaccessible à la peur / Ta joie de combattre demeure ton ultime passion chantée jusqu'à nos jours
Achille, ta colère est un modèle / Elle traverse les temps et ne finit jamais
One more time. Encore et encore.

Si Achille avait renoncé à sa colère, il aurait tout possédé : or, bœufs, moutons, vingt femmes troyennes, à l'exception d'Hélène d'Argos, et sept cités les plus riches aux vignobles les plus généreux et les plus productifs... Mais Achille hait Agamemnon, il le trouve odieux. Au moment crucial, il défie Hector et le tue, possédé par une fureur terrifiante... Et convaincu de sa force, il jubile. Il accomplit son destin. Alessandro Baricco — qui a réécrit à sa manière l'*Iliade* (*Omero, Iliade*) *Homère, Iliade*, et qu'il a lue en public — termine sa version ainsi : « Dites-leur [aux princes achéens] que je reste ferme dans ma colère. » Puis Ajax et Ulysse retournent voir les Achéens, car le cœur d'Achille empli par son désir de guerre est orgueilleux et sauvage. Il transforme tout ce qu'il ressent, ses souffrances, en fureur. Quand son ami Patrocle meurt, sa douleur se réveille. La douleur d'Achille est l'archétype de toutes les douleurs de la littérature occidentale. Il ritualise sa douleur, la porte à l'extrême. La *mênis* d'Achille, sa colère, est une passion divine. Pietro Citati écrit que le terme est tabou ; ni les dieux ni les hommes ne peuvent en parler.

Archétype

Nietzsche écrivait à propos d'Homère : « Dans l'âme des Grecs, la "volonté" tendit à se considérer elle-même dans les formes transfigurées que lui imposaient le génie et le monde de l'art. [...] Par cette beauté de reflet, la "volonté" hellénique combattit l'aptitude à souffrir et à cultiver la souffrance corrélative au don artistique, et le monument de cette victoire, c'est Homère, l'artiste naïf » (*La Naissance de la tragédie*, 1872).

Le point de vue d'Hannah Arendt est en cela très pertinent dans la mesure où elle privilégie la pensée et le langage comme ayant plus d'impact qu'un acte prompt et sans réflexion de violence physique. « On ne comprend le prestige de l'Achille homérique qu'en le regardant comme "faiseur de grandes actions et diseur de grandes paroles". [...] La pensée venait après la parole, mais l'on considérait le langage et l'action comme choses égales et simultanées, de même rang et de même nature. [...] Seule la violence brutale est muette, et c'est pourquoi elle ne saurait avoir de grandeur » (*La Condition de l'homme moderne*).

Quant à Simone Weil, elle souligne une certaine vertu de la colère. « L'*Iliade* est une chose miraculeuse. L'amertume y porte sur la seule juste cause d'amertume, la subordination de l'âme humaine à la force, c'est-à-dire, en fin de compte, à la matière. Cette subordination est la même chez tous les mortels quoique l'âme la porte diversement selon *les degrés de vertu* (c'est moi qui souligne). Nul dans l'*Iliade* n'y est soustrait, de même que nul n'y est soustrait sur terre. [...] Tout ce qui, à l'intérieur de l'âme et dans les relations humaines, échappe à l'empire de la force, est aimé, mais aimé douloureusement, à cause du danger de destruction continuellement suspendu. Tel est l'esprit de la seule épopée véritable que possède l'Occident » (*La Source grecque*).

Flash-back. Achille ne peut trouver le sommeil. Pendant dix jours, il traîne chaque matin le corps d'Hector avec son char autour du tombeau de Patrocle. Mais les dieux, prenant en pitié la famille du Troyen, réprouvent son comportement et, par un procédé divin, conservent à la dépouille son bel aspect. Zeus exige de Thétis qu'elle aille convaincre son fils de rendre la dépouille à Priam. Priam, protégé par Hermès, traverse en secret les lignes ennemies pour être reçu dans la tente d'Achille. Là, il supplie ce dernier au nom de Pélée de lui rendre son fils en échange de présents. Achille y consent et propose à Priam le gîte et le couvert. Conciliant, Achille accepte également de retenir les troupes achéennes pendant dix jours, le temps pour les Troyens d'organiser des funérailles décentes à Hector. De retour à Troie, le corps d'Hector est présenté à la foule en larmes et de longues funérailles sont organisées.

Achille's death

Quand les Grecs reprennent le combat, Pâris se trouve dans la bataille et tire une flèche au point le plus sensible du corps d'Achille : son talon. La mort s'empare de lui. Ulysse emporte son cadavre au camp des Grecs. Après quelques déconvenues chez les compagnons d'Achille concernant le partage de ses attributs guerriers, Thétis décide que l'armure de son fils ira au plus valeureux des Grecs. Quelques prisonniers troyens désignent alors l'audacieux Ulysse. Le grand Ajax, cousin d'Achille, est furieux de ce choix. Il en perd un moment la tête dans une sorte de délire de confusion.

Nos colères s'apparentent à celles des hommes *anciens*, les Grecs, par exemple. Nous sommes tout à fait identiques aux hommes de l'Antiquité.

« C'est toujours pareil. On meurt. On ne comprend rien. On n'a jamais le temps d'apprendre. On te pousse au jeu, on t'enseigne les règles, et si tu en oublies une, on te tue », remarquait Hemingway.

LA LONGUE HISTOIRE DE LA COLÈRE

Vous vous en doutez, l'histoire de la colère est aussi longue que le chapelet infini des temps. Au Moyen Âge, les moines discutaient ardemment de ce péché dont les racines plongent dans le monde antique avec l'*Iliade*, modèle et archétype de toute la littérature occidentale.

La faute la plus grave pour le monde monastique, c'est la colère. À cette époque, elle appartenait au *Septénaire* des « vices » capitaux, le haut du panier !

Les stoïciens y voyaient une *dégradation* de l'homme.

Le long ruban de la colère se déploie entre le feu des passions et la raison. Mais l'homme colérique possède néanmoins les traits de l'héroïsme et une forme de noblesse. Dans l'Ancien Testament, l'idée d'un Dieu violent existe pleinement, mais c'est dans les Psaumes que l'on cite souvent ce verset : « Mettez-vous en colère, mais sans péché » (Ps IV, 5), qui nous rassure et valide nos emportements. Le Christ en colère n'a-t-il pas chassé les marchands du Temple de

Jérusalem ? Cette colère divine n'est en rien égale à celle des hommes. Elle est symbolique et allégorique. Lactance, qui a écrit son traité *La Colère de Dieu* au IVe siècle, pose la question de cette passion particulière mêlée d'indolence et de justice : « Est-il possible qu'il ne se mette pas en colère lorsqu'il voit mépriser sa propre loi, rejeter la vertu, rechercher le plaisir ? [...] S'il est Père et Seigneur de toutes choses, assurément il prend plaisir aux vertus des hommes et s'émeut de leurs vices. Donc, il aime les justes et hait les impies. »

Alors faut-il la reconnaître et l'admettre chez l'homme quand elle se manifeste dans les mêmes conditions ?

Cher lecteur, ne te fais pas de *bile* ! Dieu l'a voulu ainsi, car c'est dans ton *foie* qu'il l'a mise, et elle sécrète ce qui vient souvent du plus profond de toi, cet agacement singulier qui monte qui monte quand on te frise les nerfs !

Grégoire le Grand rapprochait l'envie et la colère, il soulignait une certaine contiguïté entre ces deux *vices*. Car il trouvait que l'âme s'exacerbait sous l'effet de la rancœur. Je ne partage pas cet avis, ni un tel rapprochement. La colère ne s'embarrasse pas de cette condition. Elle est fière. Souvent, on lui trouve des accents temporaires de la folie. Cette dimension de feu recouvre l'aspect irascible que le sujet exprime dans certains cas. Au XIIIe siècle, Guillaume Peyraut ne compte pas moins de dix-huit raisons de considérer comme « débile » ou « sot » celui qui se met en colère.

Évidemment, la colère perturbe l'environnement social. « L'irascible est pareil à un serpent qui crache le feu », écrivent Carla Casagrande et Silvana Vecchio, dans leur *Histoire* des péchés. L'*ire* est capitale. Cassien lui avait reconnu, parmi les autres péchés et liés entre eux, « la clameur et l'indignation » ! Oui, la colère est indignation et tumulte.

La colère doit être tellurique.
Elle le fruit de la Chair et de l'Esprit.
Elle est furieuse dans sa lutte.

Elle désagrège souvent tout ce qui assure les liens sociaux.

Quand elle se produit chez l'homme, elle est la résultante d'un long cheminement qui bouillonne dans son crâne. Elle est entêtante et entêtée car elle se love dans la mémoire et refait surface à la moindre excitation. « La fureur est la colère qui attend le moment de la vengeance » (Jean Damascène).

Belle d'abandon, la colère se montre et se manifeste comme une femme de Rubens, la chair palpitante et vibratile.

Belle d'abandon, non pas comme les autres péchés.

Les moralistes du Moyen Âge ne la supportaient pas. Et cela pour une seule raison : elle mettait en scène explicitement et radicalement le corps dans la dynamique singulière du péché de colère. La peinture a montré par différentes représentations ces états emplis d'émois fiévreux. Ainsi la colère glisse, imparfaitement et distante, vers l'archipel des passions. Elle devient une *passion* et en recouvre presque toutes ses formes. Elle est une donnée de la nature physiologique humaine.

Considérée comme une passion, je la tiens pour une *vertu* — pour nos temps modernes. La « nature » de la colère, sa surface « naturaliste », file le long des siècles. Elle est totalement enracinée dans la physique de l'homme. On dit, à des époques reculées, que « enracinée dans la nature, la colère n'est, de fait, absolument pas naturelle chez l'homme ». Les scholastiques attestent que la colère est « animale » chez l'homme. Qu'est-ce que cela veut vraiment dire ? Est-ce que nous avons des correspondances avec la nature des animaux ? Non. Nous n'atteignons cet état animal que si nous perdons tout le contrôle et la conscience de nos gestes et pensées.

« La colère n'est jamais admissible, mais elle peut être parfois simulée », écrivait Sénèque dans son *De ira*. Ainsi, depuis Sénèque, cette remarque qui en appelle à la « simulation » garantit une certaine fonction « thérapeutique », fonction vitale de la colère qui permet, par cet artifice, son accession sociale et sa qualité éthique.

Ne considérez pas la colère exclusivement comme un péché. Elle est salutaire. Thomas d'Aquin s'en inquiète même, et se pose la question de savoir si la colère peut être : « mauvaise ou bonne » — une pièce à deux visages. Il met dans cet équilibre instable qui forme une sorte de partition musicale à deux portées ce qu'il entend par la colère-zèle et la colère-vice. Cette question morale sera amplement soulevée à cette époque.

La double nature de la colère nous libère un espace où nous pouvons l'exercer sans pour autant qu'elle nous discrédite aux yeux des autres. Elle est interprétée comme passion de l'appétit sensitif. En ce sens, la colère est composée, comme toutes les passions, par un mouvement naturel et peut prendre l'apparence du péché en raison de deux éléments : son objet et son intensité. Ces deux paramètres marquent les limites de la passion et la frontière qui les sépare du *vice* capital. Car la colère peut revêtir les habits de la vengeance en vue de rendre justice. Tout se déplace entre deux pôles : le bien et le mal. Cette alternative instaure la notion de passion qui conduit le sujet (sous l'emprise de colère) à rétablir la justice bafouée. Il s'agit de retrouver le bien en punissant le coupable.

On dit que la colère vise au cœur la *faute* — j'insisterai en ajoutant : le *faux*, les *méprises*, l'*innommable*. Malherbe écrira bien plus tard : « Les dangers me sont des appas. Un bien sans mal ne me plaît pas. »

C'est la raison pour laquelle je la considère comme une vertu ! Vous m'entendez ?

Il est vrai que la colère est un acte de volonté pour Dieu et non une passion. Les scholastiques ménagèrent, d'une certaine manière, les innombrables aspects des péchés capitaux et notamment ce dernier. La colère divine est la plus pure des métaphores. L'incarnation du Christ lui a permis d'assumer la nature humaine et donc toutes les passions de l'irritable. Sa colère fut effectivement une passion « ordonnée » parce que subordonnée à la raison — dans cette ligne définie si joliment par la colère-zèle.

Revenons aux temps présents. Souvent ma colère a pris les contours qui ont inspiré un « danger social ». Je l'ai aperçue souvent dans le regard et dans l'attitude des personnes avec lesquelles je n'ai pas mâché mes mots, ni mes emportements de différentes natures. Dans les rédactions, avec quelques éditeurs, dans une certaine radio où j'ai travaillé et dans la vie quotidienne.

Dans ces cas-là, ma colère perfore le panorama, cristallise les mauvaises vibrations. Elle ne négocie jamais avec l'abjection. Elle brûle le mépris. Elle virevolte et surgit en moi lentement et sûrement. Elle offre l'*intranquillité* à l'esprit qui lui-même, pour se régénérer, va de déflagration en déflagration.

Elle reste irrémédiablement dans la mémoire. Jean Damascène écrit : « La fureur est la colère qui attend le moment de la vengeance. »

Et comme le souligne le pape Grégoire dans ses *Moralia* sur Job : « Derrière la colère se traînent les rixes, l'intempérance, les insultes, le hurlement, l'indignation et les blasphèmes. »

Et dans les eaux du Styx, les rageurs soupirent.

« Nous étions tristes / dans l'air doux que le soleil réjouit, / ayant en nous les données chagrines : à présent nous nous attristons dans la boue noire » (Dante, *Enfer*, VII, trad. de J. Risset).

Dante, *One more time*, écrit plus loin « les âmes de ceux que la colère vainquit ».

Les images de la colère sont nombreuses dans l'histoire de la peinture classique. Il faut faire voir ici et décrire certains tableaux où les peintres ont mis en scène les péchés capitaux et notamment la colère. J'en ai choisi quelques-uns.

La *colère* de Giotto est une fresque vive, hurlante, violente, qui représente une femme qui déchire en écartant de sa poitrine ses vêtements, elle se trouve à Padoue dans la chapelle Scrovegni (1303-1305).

Les Cercles de la colère et de l'avarice, Orcagna — c'est la fresque de la nef de Santa Croce, à Florence, elle a été réalisée vers 1345-1355.

Fra Angelico représente la colère dans son *Jugement dernier*, en 1447.

L'enfer est le lieu des châtiments et des sept péchés capitaux, c'est ce qui inspire Taddeo di Bartolo dans sa fresque *Inferno* (1393-1413) de la nef du dôme de San Gimignano, en Toscane.

Quant aux autres péchés capitaux

Le péché de luxure n'a pas la même portée au Moyen Âge par exemple qu'au XVIIIe siècle. Si l'orgueil est *la racine du mal*, c'est par cette faute que Lucifer fut expulsé du ciel avec les autres anges vers un monde de ténèbres. Au début de *La Cité de Dieu*, la réflexion augustienne marque ce péché élevé par excellence et empli d'une rare gravité.

« Tu dois aspirer à la grandeur, parce que plus tu dépasseras les autres en puissance, plus tu seras en mesure d'être utile à beaucoup » (Grégoire le Grand, *Moralia*).

On se souvient de la scène où Dante rencontre les envieux au Purgatoire.

Un fil de fer leur perce les paupières
et les coud, comme on fait à l'épervier sauvage,
qui ne veut pas demeurer en repos.

Purgatorio, XIII (trad. J. Risset)

La souffrance ne procure ni joie ni plaisir. Les autres péchés s'accordent un certain plaisir, telle la luxure. Elle est la plus montrée du doigt, la plus visée moralement, sans doute, avec bien sûr la colère, qui est souvent pleine de jubilation et de feu.

La luxure, envisagée par Philippe Sollers, est *lux*, lumière, même si l'origine en est *luxus*, excès, débauche, splendeur, faste, luxe. L'exubérance, la fougue, la somptuosité, la profusion lui sont attachées. Je la transpose sur le même plan, par ses caractéristiques, que *ma* colère. Dans un certain sens, elle neutralise tous les autres péchés. Il faut de la lucidité, un éveil constant aux *choses* de la vie. Ainsi ma colère contemporaine appelle des qualités peu partagées : le don, la grâce divine immédiatement censurée, à l'image de la luxure.

Saint Paul dit : « Là où le péché a abondé, la grâce a surabondé. » On peut entendre là une défense de ces deux péchés ! Une *guerre* contre un présent englué et engluant.

LES DIX PLAIES D'ÉGYPTE

Les colères divines sont nombreuses. Le mot revient des centaines de fois dans les textes tout comme les actes qui l'illustrent, accompagnée souvent par la clémence de Dieu.

Dans l'*Épître aux Romains*, il est écrit : « En effet, la colère de Dieu se révèle du haut du ciel contre toute impiété et toute injustice des hommes qui tiennent la vérité captive dans l'injustice. »

Dans l'Ancien Testament, Dieu réagit toujours contre l'injustice humaine, même si cette colère n'est pas toujours précisément désignée comme juste, elle n'est pas opposée à la justice divine. Elle est une composante nécessaire d'après certains textes.

Dieu est lent à la colère, nous nous en rendons compte en lisant la Bible.

C'est l'épisode de Moïse et Aaron aux prises avec Pharaon, dans l'Exode. Pharaon ne voulait pas laisser partir le peuple dans le désert. Yahvé dit à Moïse d'accomplir un prodige devant Pharaon en jetant devant lui son bâton qui se changera en serpent. Pharaon alors convoqua les sages et les enchanteurs et, avec leurs sortilèges, les magiciens d'Égypte en firent autant. Mais le bâton d'Aaron engloutit leurs bâtons. Et le cœur de Pharaon *s'endurcit*, il ne les écouta pas, comme l'avait prédit Yahvé.

Yahvé dit à Moïse que le cœur de Pharaon s'était *appesanti* et avait refusé de laisser partir son peuple pour qu'il le serve dans le désert. Moïse se rendit le lendemain matin au bord de la rive du Fleuve, à l'heure où Pharaon s'y trouvait. « Yahvé, le Dieu des Hébreux, m'a envoyé vers toi [*Pharaon*] pour te dire : Jusqu'à présent, tu ne m'as pas écouté. » Ainsi parla-t-il.

1. Et de son bâton, il frappa les eaux du Fleuve aux yeux de Pharaon et de ses serviteurs, et toutes les *eaux* se changèrent en *sang*. Les poissons crevèrent. Les Égyptiens ne purent plus boire l'eau du Fleuve. Le cycle infernal du stratagème égyptien continua. Le cœur de Pharaon s'endurcit et ne les écouta pas. Sept jours passèrent après cette première plaie infligée par Yahvé.

2. Moïse retourna voir Pharaon et lui dit de la part de Yahvé :

« Laisse partir mon peuple. Si tu refuses, je vais infester de grenouilles tout ton territoire. » Aaron prit son bâton et fit monter les grenouilles sur la terre. Pharaon appela Moïse et Aaron pour qu'ils prient Yahvé de détourner les grenouilles de lui et de son peuple. Et il s'engagea à laisser partir le peuple. Yahvé éloigna la plaie pour le lendemain. Ainsi Pharaon trouva un peu de répit ; son cœur s'appesantit à nouveau et ne les écouta pas ! Comme Yahvé l'avait prédit. Tout continua jusqu'à ce que les autres plaies s'abattent sur l'Égypte.

3. Les moustiques infestèrent le pays, même la poussière se changea en moustiques. Les magiciens invoquèrent le *doigt de Dieu*, mais Pharaon resta sur ses positions.

4. Puis les taons furent envoyés. Excepté sur la terre de Goshèn où résidait le peuple de Yahvé afin que Pharaon sache qu'il existe des signes qui ne trompent pas. Le pays fut ruiné. Pharaon simula encore et le lendemain, *idem*. Moïse ne savait plus comment faire appel à la miséricorde de Dieu, à sa mansuétude.

5. Yahvé frappa les troupeaux de bétail, en excluant ceux des Israélites. Pharaon douta encore, fit une enquête et s'en ficha.

6. Moïse lança la suie de fourneau en l'air, sous les yeux de Pharaon. Cela provoqua des *ulcères* sur les gens.

Bien que les prophéties s'accomplissent au fur et à mesure que Yahvé les décide, Pharaon se voile la face devant les nombreuses démonstrations de la colère divine en retardant l'échéance.

7. Puis Moïse envoya de la *grêle*, toujours à l'aide de son bâton, guidé par Yahvé, sur tout le pays. Mais Pharaon continua à pécher.

8. Les sauterelles couvrirent alors le territoire. Elles dévorèrent le peu de ce qui restait. Les Égyptiens ne pouvaient plus supporter tous ces maux. Pharaon trouva un nouveau retard. *Idem*.

9. Les *ténèbres* épaisses recouvrirent alors le pays pendant trois jours. Pharaon appela Moïse

pour discuter la liberté du peuple de Yahvé. Il était furieux. Mais cela ne donna rien.

10. La dernière plaie fut la mort des premiers-nés. Le premier-né de Pharaon comme celui de la servante, de même que ceux du bétail. Ainsi en avait décidé Yahvé. Et le peuple d'Égypte se prosterna devant Moïse en disant : « Va-t'en, toi et tout le peuple qui marche à ta suite ! » Après quoi Moïse partirait. *Et, enflammé de colère, il sortit de chez Pharaon.*

Yahvé dit à Moïse : « Pharaon ne vous écoutera pas, afin que se multiplient mes prodiges en pays d'Égypte. » Moïse et Aaron accomplirent tous ces prodiges devant Pharaon qui ne laissa pas les Israélites partir (Bible de Jérusalem).

L'ÉDITEUR ET LA COLÈRE

Pendant l'été 2007, le *Journal du dimanche* a demandé à des personnalités de différents milieux d'évoquer les sept péchés capitaux.

Antoine Gallimard a ouvert cette série le 1er juillet.

« Je ne suis pas coléreux mais je suis impatient : 1. Je n'aime pas les réunions. 2. Je n'aime pas les discours. J'aime qu'on aille tout de suite au cœur du sujet. Il faut que l'essentiel soit vite expédié pour qu'on puisse s'occuper de l'accessoire.

Je n'apprécie pas les colères calculées ou stratégiques mais la colère n'est pas toujours un défaut. Ça peut être une manière rapide et réactive d'exprimer un mécontentement. Je regrette de ne pas savoir me mettre plus souvent en colère. Contre les gens qui ne tiennent pas leur parole. Je dois me mettre en colère une fois par an car, comme un volcan, c'est resté trop serré en moi. Je préfère plein de petites colères à une grande colère. »

Ensuite, Antoine Gallimard utilise les mots

clés de l'attitude colérique : *sortir de ses gonds*, on donne : l'image d'un *soi déconstruit*… Plus loin, il dit : « La colère reste plus vraie que la séduction. » Après, il évoque brièvement les trahisons affectives et sentimentales qui le blessent. Puis il passe allègrement en revue les six autres péchés et notamment la luxure qu'il ne considère pas comme un péché.

COLÈRES SOCIALES

Je rapporte ici des histoires, des événements dont on pourrait désigner comme des colères sociales, sociologiques et politiques.

Football

Guy Roux, soixante-huit ans, le grand entraîneur, qui avait repris la bride à Lens, a *fermé le banc*, au mois d'août 2007 ! Strasbourg gagne 2 à 1. Il démissionne. À 22 heures 45, il s'explique à Canal +. Il raconte qu'il s'est aperçu qu'il manquait de *grinta*, ce qui avait fait sa force durant sa carrière, sa faculté de lever les joueurs, de se transcender. « Mais j'ai senti en moi l'impossibilité de hausser le ton, non pas de la voix mais le ton de la psychologie, celui qui fait la force d'un entraîneur. C'est très dur de le reconnaître. » Le journaliste évoque son âge… Il répond : « Je pense plutôt que les bêtabloquants consécutifs à mes problèmes cardiaques m'ont enlevé *certains facteurs de colère*, d'émotion, qui me permettaient de lever les joueurs. » C'est moi qui souligne. Quelle rhétorique ! Quelle force de persuasion ! On devrait interdire les bêta-bloquants et conseiller d'autres molécules plus enclines à maintenir force et colère positives. Le journaliste l'interroge finalement sur son image. Il envoie sa dernière salve :

« L'image prendra ma souffrance d'aujourd'hui comme elle a pris ma gloire d'hier. »

Une phrase qui semble sortie tout droit d'une tragédie antique. On ne peut l'inventer.

Achille, one more time !

Ségolène Royal et Nicolas Sarkozy

2 mai 2007, campagne présidentielle. Le débat télévisé Royal-Sarkozy est suivi par vingt millions de téléspectateurs. Les mots sont lâchés en direct puis ils se bousculent sous les interprétations et les commentaires des divers médias : *duel*, *énergie* de Ségolène, *aller au combat*. La pression monte petit à petit. L'une serre les dents. L'autre, sérénité affichée et exaspérante pour son adversaire.

Quand les thèmes de l'éducation et de la politique familiale sont abordés, Sarkozy évoque les enfants handicapés à l'école et ça déclenche tout.

— Là, on atteint le summum de l'immoralité politique. C'est moi qui ai créé le plan Handyscol et c'est votre gouvernement qui l'a supprimé ! s'écrie Ségolène Royal.

— Calmez-vous ! répond Sarkozy.

— Non, je ne me calmerai pas. Il y a des colères saines ! dit-elle.

— Il faut garder ses nerfs et utiliser des mots qui ne blessent pas, lui répond-il, et il ajoute : Pour être président de la République, il faut être calme.

Les mots se répètent à mesure que le débat continue et s'enflamme entre les protagonistes. « Il y a des colères qui sont parfaitement saines parce qu'elles correspondent à la souffrance des gens [...] colères que j'aurai même quand je serai présidente de la République. » Nicolas Sarkozy esquisse un sourire pour lui faire remarquer qu'elle a perdu ses nerfs, qu'elle s'emporte. Elle lui rétorque encore qu'il ne faut pas avoir de mépris, qu'il y a *des colères très utiles*.

Durant cette même campagne, Sarkozy avait joué aussi les hommes blessés ; à Clermont-Ferrand, il lança à ses détracteurs : « Qu'avez-vous fait de si grand pour vous permettre d'instruire un procès à mon égard ? »

Les marchands du Temple

Éric Besson quitte le staff de Ségolène Royal en pleine campagne. Certaines « traîtrises » poussent à la colère et à la violence, dit-on. L'ancien secrétaire national à l'économie du PS, Éric Besson, a réglé ses comptes avec la candidate malheureuse, Ségolène Royal, en claquant la porte le 21 février 2007. Elle lui a sans doute échauffé la bile *noire*. Dans son livre d'entretiens — *Qui connaît Madame Royal ?* — il dit : « Seule sa propre gloire la motive. Elle use et abuse de démagogie. » Il l'a accusée de poujadisme — dur ! Plus loin, il ajoute : « Je pense en conscience que Ségolène Royal ne doit pas devenir présidente de la République. Je ne le souhaite pas pour mon pays. Je le redoute pour mes enfants. » On se souvient encore de sa mine déconfite, de son visage chiffonné et des marques de la colère sur son visage quand il a donné ses interviews. Ségolène lui avait rétorqué avec une certaine morgue : « Qui connaît Monsieur Besson ? » L'un et l'autre se sont chassés. Dans un manège de démocratie discontinue et de pouvoir alternatif et rugueux. Aux États-Unis, on appelle ça la mentalité *nimby*, pour *not in my backyard*, « pas de cela dans ma cour intérieure ».

Les *cours* comme les temples ont changé de personnages. Les détresses continuent comme dans un roman-photo et elles contaminent la vie des personnages secondaires en un long fil rouge. La réalité *sentimentale* de la politique est si dure… *tel l'enfer*.

Coup de boule

Le grand Zinedine Zidane a fait couler beaucoup d'encre lors de la dernière coupe du monde de football, le 9 juillet 2006, à Berlin. Il fut exclu du stade à la suite de son *coup de tête* sur le joueur italien Marco Materazzi. Coup de tête immortalisé par la langue populaire en *coup de boule* puis par une chanson. Tout cet événement est à la mesure d'une vraie tragédie grecque. *Achille, one more time.*

Tous les éléments étaient presque réunis. Nous les avons découverts au fur et à mesure que le temps a passé. Le joueur italien le déstabilisa. Il raconte :

— J'ai tenu son maillot pendant quelques secondes, il s'est tourné vers moi, il m'a parlé en raillant, il m'a regardé avec super-arrogance, de haut en bas.

— Si tu veux mon maillot, je te le donnerai après.

— Je préfère ta putain de sœur, répond Materazzi.

Une insulte qui se dit souvent sur les stades. Zidane s'en va puis se retourne vers Materazzi qui ne s'y attend pas et lui envoie un coup de boule dans la poitrine. Il tombe sur le terrain. Vous connaissez la suite.

Les commentaires et les articles peuvent à ce jour remplir un livre de trois cents pages, dans toutes langues. L'histoire est simple et en même temps tellement chargée psychologiquement et émotionnellement que les éléments paraissent invraisemblables quant à leur nature profonde. Comment un grand joueur s'est-il laissé déstabiliser par des *mots* tellement prévisibles par son adversaire à un moment crucial du jeu ?

Albert Speer

Colère d'Hitler.

Dans ses mémoires, *Au cœur du troisième Reich*, l'architecte d'Hitler rapporte comment ce dernier perdait, à de très rares occasions, le contrôle de lui-même en sa présence. C'était en 1936. Hitler invectivait son ministre de l'Économie qui lui répondait d'une voix forte et décidée. « La dispute gagna en violence, puis s'interrompit brutalement. Furibond, Hitler vint nous rejoindre sur la terrasse et s'étendit longuement sur la résistance bornée de son ministre de l'Économie qui différait sans cesse le réarmement. En 1937, un autre accès de rage, tout à fait inhabituel, eut Niemöller pour cause. Celui-ci avait fait preuve d'insoumission dans son sermon à Dahlem ; on montra à Hitler, en même temps que le texte du sermon, les minutes des écoutes de conversations téléphoniques de Niemöller. Hitler aboya l'ordre de jeter Niemöller dans un camp de concentration et de ne plus l'en laisser sortir, puisqu'il montrait qu'il ne s'amendait pas. »

Speer était en 1942 entre Budweiss et Krems, il vit un écriteau sur une maison de village de Spital près de Weitra, à la frontière tchèque. Selon l'écriteau Hitler avait, dans sa jeunesse, habité dans cette maison. Il rapporte sa découverte à Hitler qui devint instantanément fou de rage et, en hurlant, envoya chercher Bormann, qui arriva tout interdit. Il ne fallait plus mentionner cette localité et faire enlever immédiatement l'écriteau. Cette colère était inexplicable pour Speer. Il comprit plus tard que cette époque de sa jeunesse était liée à un arrière-plan familial assez obscur.

MON NOM EST PERSONNE

C'est ainsi qu'Ulysse répond à Polyphème, le Cyclope de l'*Odyssée*, qui vient de dévorer six de ses compagnons. Quel réplique moderne ! Hyper *sixties*, on dirait que nous sommes dans un western ou avec un personnage de BD ou dans un film noir. Ulysse est rusé — « un esprit aux mille nuances », dit la déesse Athéna.

Je suis Ulysse, fils de Laërte, dont les ruses sont fameuses partout et dont la gloire touche au ciel.
J'habite à Ithaque, claire sous le soleil…

Ulysse porte dans les profondeurs de son âme le visage de Personne. Pendant ce temps, Polyphème boit un vin exquis. Ivre, il va s'endormir. Ulysse découvre un tronc d'olivier aussi grand que le mât d'un navire ; il le fait tailler et aiguiser par ses compagnons, la pointe durcie au feu. Il l'enfonce et le tourne dans l'œil unique du Cyclope. Invention technique comme le fut celle du cheval de Troie ou de la toile de Pénélope (la tissant le jour, la défaisant le soir). Le Cyclope pousse un hurlement et appelle ses compagnons pour venir à son secours. À leurs questions, il répond : « Qui me tue ? C'est *Personne.* » Les Cyclopes concluent qu'il est fou et l'abandonnent à son destin en lui recommandant de prier Zeus.

Ulysse s'en tire, parvient à ses fins et continue son voyage de retour.

D'où vient le nom d'Ulysse, quel sens a-t-il ? Autolycos, son grand-père maternel, dit : « Mon gendre, ma fille, donnez-lui le nom que je vais dire. Je suis venu en ces lieux, pris de haine contre beaucoup d'hommes et de femmes, à travers la terre qui tant d'êtres nourrit. Qu'on appelle du nom de la *haine* : Ulysse. » Je souligne. Le terme grec est *odussaomai*, ce qui signifie « en vouloir à, être en colère » ou « subir la colère de ».

En arrivant à Ithaque, Ulysse se déguise en mendiant pour ne pas être reconnu (avec l'aide des pouvoirs d'Athéna, déesse experte en métamorphoses). Les prétendants sont présents. Pénélope propose le grand arc du divin Ulysse. Celui qui bandera l'arc et d'une flèche traversera douze haches, dans leur totalité : « je pourrais bien le suivre », dit-elle, au prélude de cette compétition, tandis qu'Ulysse, déguisé, rumine sa colère en silence. Il apparaît au bouvier et au porcher et se découvre pour montrer sa cicatrice. Toujours en haillons, Ulysse est examiné en détail, puis ils l'embrassent. Comme par la suite, il mettra au parfum son fils, Télémaque. Quand on apporte l'arc à Ulysse, les prétendants se moquent et rient allègrement, imbibés de vin.

Ulysse prend le grand arc et le manipule dans

tous les sens comme un professionnel. Puis il le tend, sans effort… Il traverse les douze trous d'un coup et, ensuite, liquide les prétendants. Il se déchaîne. Comme *Personne*.

La colère d'Achille ouvre l'*Iliade* et celle d'Ulysse ferme pratiquement l'*Odyssée*.

Un homme sans patrie est le dernier livre de Kurt Vonnegut, paru en 2006. Il raconte des situations qui l'ont mis hors de lui. Au début, les critiques le qualifiaient d'écrivain de science-fiction parce qu'il évoquait la technologie de l'époque que personne ne pigeait. Il estimait que les romans qui ne traitent pas de la technologie ou des sciences de leur époque donnent une représentation de la vie aussi fausse que celle des Victoriens qui ne parlaient pas de la sexualité.

Il considérait que toute personne qui n'avait pas lu la plus grande nouvelle jamais écrite en Amérique, *Occurrence at Owl Creek Bridge* d'Ambrose Bierce, était un *crétin*.

En évoquant la guerre du Vietnam — et se souvenant en parallèle ce qu'il avait vécu à Dresde, deux événements qui les ont libérés, lui et d'autres écrivains —, il remarque que ça a ruiné leur position éminente : « Nous pouvions enfin parler d'un truc horrible que nous avions fait aux pires hommes imaginables, les nazis. » Montrant ainsi tout le caractère innommable de l'atrocité de la guerre.

Plus loin, il écrit qu'il va porter plainte contre le fabricant des cigarettes Pall Mall et réclamer des dommages et intérêts ! Parce que sur les paquets, il est écrit que *fumer tue*. À quatre-vingt-deux ans, il était toujours là.

Kurt n'aimait pas non plus les ordinateurs. Il disait qu'ils volent votre devenir. Il notait alors cette phrase de Bill Gates : « Attendez de voir ce que votre ordinateur peut devenir. » Puis il fulminait : « C'est vous qui devriez être en devenir, pas votre foutu connard d'ordinateur. »

Huckleberry Finn est le premier roman à avoir été tapé à la machine.

La colère de Coetzee : Disgrâce

Les écrivains font un usage très nuancé des colères. Ils les laissent venir comme une chantilly puis comme une mayonnaise puis comme une tache de graisse indélébile ou comme une crevasse que laisse une varicelle mal soignée sur la peau d'un enfant. Rien ne peut les effacer, les soustraire à sa vie, au temps. Les personnages les endossent ; le narrateur les met en scène ; l'écrivain les écrit et les fait vivre implacablement. Le lecteur les prend en pleine figure, agaçant sa mémoire longtemps après qu'il a fermé le livre. Il n'en revient pas ou bien il saisit la force de vérité qui se propage et s'identifie pleinement avec le message délivré par l'auteur.

Je viens de relire encore quelques pages de *Disgrâce*, le roman de J. M. Coetzee. Et je me souviens qu'un été nous avions correspondu brièvement par mail. Je lui avais posé quelques questions sur l'« identité » d'un écrivain dans sa situation et demandé quelle réflexion il pouvait porter sur la notion d'Occident. Quelle était sa perception rétrospective sur les « situations » paradoxales en Afrique du Sud (dont il avait rendu compte dans quelques livres) et comment la vivait-il ? La réponse demanderait un livre tout entier. Tout un été de mails ! Sans doute.

Mais relisons *Disgrâce* qui n'épuise pas le sujet de la violence, de la colère, de l'incommunicabilité dans les rapports humains.

Au Cap, David Lurie est viré de l'université pour harcèlement sexuel. Il est confronté aux méandres hypocrites de l'*establishment* universitaire. À ses collègues qui souhaitent l'entendre pour prendre une décision, Lurie répond : « Je n'ai besoin de personne pour me représenter. [...] Je vous ai dit ma position. Je suis coupable. — Coupable de quoi ? » demande l'un d'eux : « De ce dont on m'accuse. » Puis David Lurie continue : « Il y a des choses plus importantes dans la vie que se montrer prudent. » On lui conseille de voir un psychologue. *Il sent la moutarde lui monter au nez*. Il les envoie promener.

Il démissionne alors de son poste et va rejoindre sa fille, Lucy, qui vit dans une ferme isolée avec des chiens. Aux alentours, des fermiers noirs nourris de violence vont attaquer la maison et violer Lucy. Elle accepte son viol comme une sorte de passe-droit qu'elle octroie aux Noirs. Elle interdit à son père de réagir et d'en parler. Il lui dit que c'est un acte criminel, qu'il n'y a pas de honte à être victime d'un crime, qu'elle est innocente. Il ne la comprend pas. Elle ne portera pas plainte. *Personne ne comprend personne dans ce roman.* Tout va à vau-l'eau dans ces vies — sans issue.

Ce roman dans son dénouement n'a pas convaincu Salman Rushdie. Il espérait une perspective morale de la part de l'auteur, car les personnages ne pouvaient en donner au lecteur. Il souhaitait une sorte d'*éclaircissement* des destins en jeu dans ce livre. Peut-être n'a-t-il jamais vécu en Afrique du Sud ou dans une autre partie de l'Afrique, peut-être n'a-t-il jamais été confronté à cette sorte de violence indicible qui s'abat sur vous comme le ciel sur la tête et vous rend apathique. Cette colère sourde vous empêche de réagir afin de préserver votre vie. Cette fiction reste néanmoins révélatrice d'un « état des lieux » parfaitement *vraisemblable* !

Je comprends, profondément, le point de vue philosophique et fictionnel de Coetzee. On peut mesurer la force extraordinaire de distance que l'écrivain a mise dans la composition de son livre. Il n'a sans doute pas voulu porter un jugement politique, éthique et social en l'intégrant littéralement à sa fiction, il l'a laissé discrètement au lecteur, libre d'en extraire les multiples interprétations. *Disgrâce* est un livre aussi révélateur que

Cent ans de solitude de Gabriel García Márquez, à son époque. Ce sont deux expériences littéraires fortes qui expriment les insoupçonnables aspects de *la condition humaine*, sur deux continents totalement opposés.

Orhan Pamuk

Le romancier de *Mon nom est rouge* n'a pas l'habitude de faire du tapage dans les médias. Il n'est pas à proprement parler un homme emporté. Pourtant, le prix Nobel de littérature 2006 a eu quelques occasions de dire sa colère.

Il était à Paris aux mois de mai et juin 2007 où il donnait une série de conférences sur la littérature et le roman. Je l'ai vu plusieurs fois dans sa maison d'édition au moment où paraissait son livre : *Istanbul, Souvenirs d'une ville*. Il allait et venait avec une certaine nervosité que sa démarche physique laissait deviner, parlant en anglais avec son attachée de presse.

Dans ce livre, il évoque son enfance (il est né le 7 juin 1952 peu après minuit, dans un petit hôpital privé de Moda, à Istanbul), sa famille qui vivait dans un immeuble appelé l'immeuble Pamuk. Il raconte comment sa mère le dissuadait de devenir artiste peintre, écrivain, évidemment, elle préférait qu'il devienne architecte. Elle ne souhaitait nullement qu'il fût un artiste errant en Turquie. Mais, parce que avant tout, disait-elle, « le plus important dans la vie, ce n'est pas l'art ou je ne sais quoi, mais la fierté ».

« Des tréfonds de ma colère, de ma fureur, je sentis un élan de vitalité étourdissant me pousser hors de moi-même. Je ressentais un désir forcené, dont la profondeur m'étonne encore, de sortir d'ici et de courir dans les rues. En même temps, je savais très bien que je continuerais à me prendre le bec avec ma mère, avec une étrange envie de destruction, de révolte, de faire souffrir et de souffrir, et qu'après avoir prononcé les mots les plus violents, je claquerais la porte et m'élancerais dans la nuit sombre et sale, et courrais le réseau entrelacé des ruelles. »

Après ses empoignades interminables avec sa mère et les *mots*, il est saturé de déprime et de colère et rêve qu'il marche des nuits entières dans les rues d'Istanbul. Je vous laisse découvrir ce livre intense et plein de vie qui nous replonge aussi dans l'histoire.

Ne croyez pas que je ne fréquente que les prix Nobel de littérature.

Lors de son discours prononcé à Stockholm, le 7 décembre 2006, à l'Académie suédoise, Pamuk intitule son texte : *La Valise de mon père* (ou de *mon papa*, selon la traduction). Quelques extraits significatifs de cet état d'esprit nous signalent ce qu'il a pu ressentir durant ces trois dernières années, tiraillé par la politique de son pays et par son propre éloignement spirituel. Il note que Montaigne est l'exemple de l'écrivain libre et le lecteur affranchi des préjugés. Un modèle pour son père qui remplissait des cahiers à

Paris, dans une chambre d'hôtel, puis les enfermait dans une valise en revenant chez lui.

« Si ce que la littérature doit raconter et explorer aujourd'hui c'est le problème principal de l'humanité, la peur de l'exclusion et de se sentir sans importance, le sentiment de ne rien valoir, les atteintes à l'amour-propre éprouvées par les sociétés, les fragilités, la crainte de l'humiliation, les colères de tout ordre, les susceptibilités, et les vantardises nationales [...]. Je peux comprendre ces paranoïas, qui sont le plus souvent exprimées dans un langage irrationnel et excessivement sensible, chaque fois que je fixe l'obscurité qui est en moi. »

Plus loin, Pamuk continue :

« J'écris parce que je suis très fâché contre vous tous, contre tout le monde. J'écris parce qu'il me plaît de rester enfermé dans une chambre, à longueur de journée. J'écris parce que je ne peux supporter la réalité qu'en la modifiant. J'écris pour que le monde entier sache quel genre de vie nous avons vécu, nous vivons moi, les autres, nous tous, à Istanbul, en Turquie. »

Traduit du turc par Gilles Authier

Giuseppe Tomasi di Lampedusa

Le Guépard est le roman de la fin de l'aristocratie sicilienne et se déroule en 1860. Il fut immortalisé au cinéma par Luchino Visconti. Son auteur, le prince de Lampedusa, mourut en 1957, avant que son livre paraisse. Les colères légères ou violentes de Don Fabrizio Corbera, le prince de Salina, en Sicile, abondent dans le roman, où tout un monde bascule et *change*, ou presque. On se souvient de cette fameuse formule lancée par Tancredi au Prince : « Si nous voulons que tout reste tel que c'est, il faut que tout change. Est-ce clair ? » Mais les petites colères sont délicieuses dans ce livre où Bendicò, le chien fidèle à son maître, est aussi une figure importante.

À table, le Prince versait lui-même la soupe. Mais ce soir-là, « on entendit le tintement menaçant de la louche contre les bords de la soupière : signe d'une grande colère encore contenue, l'un des bruits les plus épouvantables qui pouvaient exister, comme le disait encore quarante ans plus tard un des fils survivants ». Le Prince était souvent *agacé*, car « l'orgueil de classe est si jaloux, même au moment où il s'abâtardit », lorsqu'on lui fait les louanges *orgiastiques* de sa future nièce.

« La famille se pressait sur le seuil. La Princesse avait retiré toutes ses réserves devant la colère maritale qui les avait, ce serait peu de dire repoussées, mais proprement foudroyées dans le néant. »

Au moment où Garibaldi débarqua à Palerme, le Risorgimento éclata. Le Prince était déprimé. Il pensait : « Tout cela ne devrait pas pouvoir durer ; cependant cela durera, toujours ; le toujours humain, bien entendu, un siècle, deux siècles [...] et après ce sera différent, mais pire. Nous fûmes les Guépards, les Lions ; ceux qui nous remplaceront seront les petits chacals, les hyènes… » « Le prince de Salina est grand, coléreux et orgueilleux », disait le père Pirrone.

« La colère et la moquerie sont aristocratiques ; l'élégie, la plainte, non. »

PETITE ANTHOLOGIE DE QUELQUES ÉCRIVAINS FULMINANTS

Je tiens les rênes de ma colère !

Les XIXe et XXe siècles foisonnent de ces écrivains « colériques ». Je réunis ici un boudoir de ces fulminants célèbres.

Ce bref butinage accompagne mon éloge de la colère comme un *dopant.*

Chaque écrivain répond à l'autre à travers déclarations, aphorismes et extraits de leurs œuvres que j'ai mis en perspective comme s'ils dialoguaient à travers les temps.

Ayant le goût de la conversation, je ne renonce pas à vous inviter à partager quelques mots avec des personnages *hauts en colère.*

Réjean Ducharme est un romancier né en 1941 à Saint-Félix-de-Valoix (comté de Joliette), au Québec. Oui ! croyez-moi, il existe. Mais depuis son premier roman publié en 1966, *L'Avalée des avalés*, on ne connaît de lui qu'une seule photo.

Il est pratiquement invisible depuis plus de trente ans comme le romancier américain Thomas Pynchon. Une seule photo et des livres qui paraissent. Des rumeurs, des mythologies. Ducharme est aussi un artiste qui a créé des œuvres sous un pseudonyme symbolique et connoté — j'ai pu en voir à Paris. J'ai même rencontré par hasard quelqu'un qui l'avait connu, il y a au moins vingt ans, dans un bar de Montréal. J'ai même vu un film sur lui où il n'apparaissait jamais ! Il a écrit aussi des chansons, dont une pour Charlebois. Mais il faut lire son *Avalée*, qui est l'histoire de Bérénice, une petite fille, et de son amie d'enfance, Constance Chlore ; puis *L'Hiver de force*, puis *Gros Mots*, pour se rendre compte de ses énervements, de sa colère poétique.

« Tout m'avale. Quand j'ai les yeux fermés, c'est par mon ventre que je suis avalée, c'est dans mon ventre que j'étouffe. Quand j'ai les yeux ouverts, c'est parce que je vois que je suis avalée, c'est dans le ventre que je vois que je suffoque. Je suis avalée par le fleuve trop grand, par le ciel trop haut, par les fleurs trop fragiles, par les papillons trop craintifs, par le visage trop beau de ma mère. »

Et *Dévadé* : « Ce n'est pas pour me vanter mais ce n'est pas une vie. Mais ce n'est pas de ma faute, je fais de mon mieux, le plus mal possible, goguenard et égrillard. »

Italo Svevo raconte dans *La Conscience de Zeno* comment son personnage, son double, arrête de fumer… en faisant le point sur son goût pour le tabac depuis le début. Ses souvenirs se réveillent et il prend conscience des conseils de son psychanalyste. C'est ce dernier qui le poussera à écrire son autobiographie, à « rendre de l'importance à un passé qui ne fait plus souffrir, de se débarrasser plus vite d'un présent qui fait horreur », disait-il.

« Aucune contrainte ne m'est plus imposée. Je n'ai plus à accepter — ou à simuler — aucune conviction. »

« Pour essayer, je vais allumer une dernière cigarette. »

Comme une dernière colère…

Paul Valéry

« La colère se connaît à ce caractère qu'elle ne peut choisir : on dit fort bien que la colère est aveugle ; une explosion ou un incendie affecte un certain volume et tout ce qu'il contient. »

Dans son autobiographie publiée en France, Victoria Ocampo, la belle et riche Argentine, raconte sa première rencontre avec Drieu la Rochelle, le romancier non encore *perdu* de *Rêveuse bourgeoisie*, lors d'un dîner chez la duchesse de Dato où Valéry et Ortega y Gasset étaient présents. Cette soirée ne lui avait pas paru inoubliable, car l'ambiance en était lourde et exécrable, et Drieu (qui deviendra son amant plus tard) semblait s'emmerder. Drieu comme Valéry restèrent calmes — eux qui avaient l'habitude de piquer parfois des crises ! Dans une lettre à sa femme, Olesia Sienkiewicz, Drieu évoque ce dîner d'une manière plus brutale : « Lamentable exhibition. Valéry fatigué, sceptique, blagueur, l'Espagnol scandalisé. » *A posteriori*, ce dîner restera inoubliable pour Victoria Ocampo. Elle créa *SUR*, la revue littéraire la plus célèbre d'Amérique latine aux côtés de Borges.

Eysreinn Àsgrimsson

Le long vent de la violence
a dévasté ma vilaine âme.
Noir dans le venin de l'envie
J'ai vécu sans cesse plongé.
Au-dedans, en cloques cuisantes,
La colère s'enfle, soufflée.
Des racines du cœur, le rude
Remords ronge la force ardente.

Le Lys, poème islandais,
Patrimoine littéraire européen

Louis Calaferte

Dans son livre d'aphorismes *Droit de cité*, publié en 1992, il notait l'accélération des cataclysmes dans le monde. Face au désordre économique et des mutations des comportements politiques, il analysait les perturbations de l'ordre profond de l'humanité, des peuples et des civilisations à travers des détails tant économiques que culturels. Il rapportait ce mot : « Lorsque les rois ne savent plus régner — les peuples s'énervent. » Et, dans d'autres pages, il pestait contre Claudel qui voulait élever des temples à la pauvreté !

Philippe Murray

Ses livres sont emplis d'une très grande colère contre notre société et sa sous-culture érigée en modèle. Il possédait ce sens aigu de perception du pourrissement des comportements humains à la fin du XXe siècle. Il faut relire ses *Exorcismes spirituels* ou *Après l'histoire*, des recueils d'articles qui font jubiler. Il notait, entre autres conneries, ce « quiétisme asexué, couleur de notre époque ». Il lançait ses outrages contre les amateurs du désastre moderne et ses entrepreneurs de soumission. Sa colère consistait « à vivre dans le sens contraire des aiguilles du monde ».

Dorothy Parker

Nouvelliste et chroniqueuse américaine, elle avait la dent dure pour ses contemporains — ses amis la surnommaient *The Wit* : l'esprit. Ses livres, *La Vie à deux, Comme une valse, Mauvaise journée, demain,* sont des cartouches d'humour, d'ironie et de mises au point sans ambages sur la vie qu'elle voyait défiler devant elle. Elle avait publié des poèmes étranges intitulés « Hymnes à la haine » (*Hate Verses*) qui sont extraits d'un livre *Not Much Fun*. Elle fustigeait tout ce qui lui passait sous la main : hommes, femmes, artistes et même ses confrères. Je reproduis ici un bref extrait :

« L'écrivain semble s'en tenir à l'idée / Que ce bon vieux globe n'est pas si mauvais que ça. De tels calmants, à l'usage, / Valent tous les anesthésiants. Personne au monde n'aurait l'idée d'acheter un tel livre. [...] Ou quelqu'un vous l'offre pour Pâques... / Et ose vous demander si vous avez aimé. / N'hésitez pas à montrer les dents ! »

Thomas Bernhard

Toute l'œuvre de l'écrivain autrichien est un hymne à la colère.

Son livre *Maîtres anciens* est classé comme *comédie* et non *roman*, un exemple parmi d'autres. Mais quelle ardeur ! Chacun de ses livres déstabilise à l'infini nos réflexes, notre conception *morale* et nos attitudes face au monde. Dans *Le Neveu de Wittgenstein*, le narrateur ne supporte pas les diagnostics des médecins à propos de son ami Paul W. « À tout bout de champ ils prononçaient le mot *maniaque*, à tout bout de champ le mot dépressif, et, toujours et dans tous les cas, c'était faux. À tout bout de champ ils cherchaient refuge (comme tous les médecins !) dans une nouvelle expression technique pour se protéger et se rassurer (eux, et pas le patient !). »

« Si, je suis constamment choqué. Lisez donc mes livres, c'est un amoncellement de millions de chocs. C'est un alignement non seulement de phrases, mais d'impressions de choc. Un livre doit être aussi un choc, un choc qui n'est pas visible de l'extérieur », dit-il, dans un entretien de 1986. Au terme de ce dialogue avec son interviewer, il précisait qu'il n'avait pas d'autre solution que la solitude.

« Mais il ne faut pas me plaindre pour autant. La faute de tout est à chacun. »

Gustave Flaubert

La colère du *lion* Flaubert est, d'une certaine manière, tout entière contenue dans *Bouvard et Pécuchet.* Il avait en horreur tout ce qui se constituait, à son époque, de culture, de connaissances établies comme des trophées et qui n'étaient, à son goût et à son sens, qu'ennui et vanité. En substance, elles n'auraient nullement servi son dessein. Cette immense accumulation — comme des compressions de déchets métalliques ou de carcasses de voitures de l'artiste César — restait étrangère à la *personne* humaine. Il la dénonce dans son livre en montrant l'absurdité en action.

« Bouvard et Pécuchet m'emplissent à tel point que je suis devenu eux ! Leur bêtise est mienne, j'en crève. »

En rédigeant en 1852 *Madame Bovary*, il écrit :

« J'y attaquerai tout [...] j'immolerai les grands hommes à tous les imbéciles, les martyrs à tous les bourreaux, ce sera l'apologie de la canaillerie humaine sur toutes ses faces, ironique et hurlante. »

« Je ne voudrais pas crever avant d'avoir déversé quelques pots de merde sur la tête de mes semblables. »

« Mon moral est assez bon, parce que je médite un livre où *s'exhalera ma colère*... je vomirai sur mes contemporains le dégoût qu'ils m'inspirent. »

« La manière dont parlent de Dieu toutes les religions me révolte, tant elles le traitent avec certitude, légèreté et familiarité. Les prêtres surtout, qui ont toujours ce nom-là à la bouche, m'agacent. C'est une espèce d'éternuement qui leur est habituel : la bonté de Dieu, la colère de Dieu, offenser Dieu, voilà leurs mots » (Lettre à Mme Roger des Genettes, 18 décembre 1879).

Son éditeur, Michel Lévy, voulait lui fourguer des illustrations pour accompagner son roman. Il écrit à Ernest Duplan : « Jamais, moi vivant, on ne m'illustrera, parce que la plus belle description littéraire est dévorée par le plus piètre dessin... Une femme dessinée ressemble à une femme, voilà tout... tandis qu'une femme écrite fait rêver à mille femmes... »

Edmond et Jules de Goncourt

« On étouffe dans la vie littéraire de ce qu'on ne peut ni dire ni écrire. »

Ce qui ne les a pas empêchés d'écrire ce qu'ils voulaient dans leur *Journal*. Comme Paul Léautaud le fit plus tard dans ses chroniques théâtrales et son *Journal littéraire.*

Honoré de Balzac

L'auteur de *La Comédie humaine* s'insurgeait contre la société commerciale qui allait transformer la littérature. Il écrivait : « Indiquer les désastres produits par les changements des mœurs est la seule mission des livres. »

Charles Baudelaire

Fusées et *Mon cœur mis à nu*, qui sont des réflexions aphoristiques, exprimaient assez violemment ses sensations, ses idées sur les arts, les artistes et le monde. Il détestait la notion d'utilité chez l'homme au plus haut point. *Hideux !* disait-il. Il égratignait sur son passage de nombreuses idées reçues et les comportements qui l'*énervaient.*

« Mes ancêtres, idiots ou maniaques, dans les appartements solennels, tous victimes de terribles passions. »

Et : « Quoi de plus absurde que le Progrès, puisque l'homme, comme cela est prouvé par le fait journalier, est toujours semblable et égal à l'homme, c'est-à-dire toujours à l'état sauvage. »

Baudelaire demandait à tout homme qui pense de lui montrer ce qui *subsistait de la vie*. Dans *Mon cœur mis à nu*, il note :

Mon ivresse de 1848.
De quelle nature était cette ivresse.
Goût de la vengeance. Plaisir naturel *de la démolition.*

Wolfgang Sofsky

Dans *L'Ère de l'épouvante*, l'anthropologue et sociologue allemand explore le monde, la violence, la transgression d'un état qui entraîne vers des régions insoupçonnables. Il écrit :

« L'esprit de la vengeance est inexorable. Avec un désir furieux de représailles il s'échappe du corps du mort et cherche des auxiliaires. [...] La vengeance ne connaît pas de pardon ni d'oubli. »

Telle la colère, elle garde l'œil rivé sur la cible. La mémoire vit toujours, *elle ne connaît pas de prescription*.

Blaise Pascal

« Quand tous vont vers le débordement, nul n'y semble aller. Celui qui s'arrête fait remarquer l'emportement des autres, comme un point fixe. »

« Rien n'est si insupportable à l'homme que d'être dans un plein repos, sans passions, sans affaires, sans divertissement, sans application. Il sent alors son néant, son abandon, son insuffisance, sa dépendance, son impuissance, son vide. Incontinent il sortira du fond de son âme l'ennui, la noirceur, la tristesse, le chagrin, le dépit, le désespoir. »

Ce mot de Pascal fait penser à l'*Anatomie de la mélancolie* de Robert Burton. On y retrouve le « spleen » d'*À Rebours*. Pour s'extirper cette fièvre grisante, le personnage du roman de J.-K. Huysmans combattra l'ennui en fulminant constamment à propos de tout pour se réveiller de sa torpeur !

Marc Aurèle

« Les effets de la colère sont beaucoup plus graves que les causes. » Je renverse la proposition comme le faisait Isidore Ducasse. Et ça donne : « Les causes de la colère sont beaucoup plus graves que les effets. »

La colère possède une fonction d'éveil, elle épanouit le nerf romantique.

J.-K. Huysmans

Des Esseintes, *one more time.*

Je me réveille loin du bruit et de la fureur comme Des Esseintes et je m'immerge dans le vaporeux parfum entêtant de ma colère, car les effluves ne cessent de se distiller en ondes concentriques autour de moi. Je goûtais alors une allégresse particulière à me remémorer certaines scènes et certaines situations encore vives de ma vie passée et actuelle.

Transformons la phrase de Rusbrock l'admirable : « Il faut que je me réjouisse au-dessus du temps [...] quoique le monde ait horreur de ma joie, et que sa grossièreté ne sache pas ce que je veux dire. » Citée par Huysmans au début de son roman. Je remplace *joie* par *colère*.

À Rebours (1884), encore une fois. Des Esseintes veut se réfugier loin de *l'incessant déluge de la sottise humaine*. « Énervé, mal à l'aise, indigné par l'insignifiance des idées échangées ou reçues, il devenait comme ces gens dont a parlé Nicole, qui sont douloureux partout ; il en arrivait à s'écorcher constamment l'épiderme, à souffrir des balivernes patriotiques et sociales débitées, chaque matin, dans les journaux, à s'exagérer la portée des succès qu'un tout-puissant public réserve toujours et quand même aux œuvres écrites sans idées et sans style. »

Paul Morand

Au début de *L'Homme pressé*, Pierre Nioxe dit : « J'ai raison contre le monde [...]. Je pense que la vitesse est la forme moderne de l'apesanteur et je sais que j'obéis à l'impulsion vraie de l'univers et je suis seul à sentir que j'y obéis.

Pourquoi changer ? Pourquoi changerais-je, puisque l'erreur n'est pas chez moi ? »

Aldous Huxley

« La vie est le fou du Temps : elle change d'un instant à l'autre, change le monde extérieur et intérieur, de sorte que nous ne restons jamais les mêmes deux instants consécutifs... »

Deux êtres ne peuvent jamais avoir le même rythme dans le quotidien, ni spirituellement, c'est la raison pour laquelle l'osmose amoureuse entre deux êtres est un pur accident. Chacun cherchant à être au diapason de l'autre à l'infini — sans jamais atteindre le *la*.

George Orwell

Le fameux auteur de *1984*, de *La Ferme aux animaux* et de *Hommage à la Catalogne*, remarquable livre dans lequel il relate sa participation à la guerre d'Espagne en 1937, fut engagé dans les milices du POUM (Parti ouvrier d'unification marxiste). Dans un style vif et virulent, il raconte son expérience aux côtés des Espagnols marqués par l'élan et la frénésie anarchistes durant cette époque, mouvements qui furent ensuite réduits par les communistes. Il revint dégoûté de la politique. « Tout étranger qui servait dans les milices passait ses premières semaines à apprendre à aimer les Espagnols et à être exaspéré par certains de leurs traits de caractère. En ce qui me concerne, l'exaspération alla parfois jusqu'à la fureur. » Un détail. Par ailleurs, il faut lire encore toute son œuvre parce qu'elle nous maintient dans une vigilance alerte.

Orwell, qui fustigeait les régimes totalitaires et le monde littéraire, écrivait aussi : « La politique, par sa nature même, implique violence et mensonge. »

Guillermo Cabrera Infante

Le grand écrivain cubain (Cuba 1929-Londres 2005) est l'auteur du fameux roman *Trois tristes tigres*, qui marqua non seulement la littérature hispano-américaine mais les lettres européennes. Je l'avais interviewé en 1985 alors qu'il habitait Londres depuis plus de vingt ans. Il était connu pour ses colères mémorables avec ses compatriotes et tout ce qui touchait son *île* qui continuait sa *dérive*, comme un titre d'Hemingway. Il méritait sa place ici comme : *Fulminant furieux fumé* ! Son livre *Holy Smoke* (écrit en 1985 et traduit en France en 2007, aux éditions Passage du Nord/Ouest), qui est un éloge du cigare, évoque aussi son amour du cinéma (il écrivit des scénarios), La Havane à travers sa biographie flamboyante, et raconte une colère en présence du dictateur Castro.

« Je me trouvais un jour avec Fidel Castro en visite éclair dans un ranch sur une île de la côte orientale de Cuba. Le soir venu, je me disposais à regarder un western à la télé quand Castro entra dans la pièce pour voir le film et demanda aussitôt : “Quelqu’un a-t-il un cigare ?” J’avais quatre havanes dans la poche de ma chemise, fort visibles à la lumière de la lune dans le pré. Pas d’autre solution que de lui dire que j’en avais. Je *devais* le faire. Au fur et à mesure que se déroulait sur le petit écran cette histoire de cow-boys chantants [...] Castro me demanda un second cigare. Puis un troisième. [...] Et soudain, il les acheva. Castro se mit droit debout de tout son mètre quatre-vingts, aligné sur ses pistolets, puis il décréta : “Trop de chansons et peu d’Indiens.” Nous fûmes tous d’accord. [...] Par chance, il était fatigué ce soir-là et regagna aussitôt sa chambre, suivi de ses gardes du corps. Mais, avant de sortir, il s’approcha de moi et me dit : “Je vois qu’il te reste un Indien.” Il montrait du doigt ma poche et non ma tête : il voulait dire mon dernier cigare. Et il avait l’air de le considérer comme un autre Apache. “Ça te dérange de me le prêter ? Tu t’en fous, n’est-ce pas ?” »

Le *Por Larranaga* ne fut jamais rendu, mais il y avait surtout par terre les mégots de trois cigares, consumés sans presque avoir été fumés !

Reinaldo Arenas

Il est un modèle pour toute une nouvelle génération d’écrivains cubains et hispano-américains. Il n’avait pu quitter son île que vers la fin de sa vie, atteint du sida, en se rendant à Miami puis à New York pour être soigné, en 1980. Il se suicidera dix ans plus tard. Son dernier livre : *Avant la nuit* (1992), une autobiographie, fut porté à l'écran par Julian Schnabel. Reinaldo Arenas avait été obligé de réécrire cinq fois, de mémoire, son roman *Encore une fois la mer*, parce qu'à chaque fois les autorités militaires le surprenaient en train de l'envoyer en Europe. Il le destinait à ses amis européens qui l'acheminaient vers ses éditeurs français et espagnols. Dans ce livre extrêmement émouvant et beau comme une torche incandescente dans la nuit de la répression castriste, Arenas ne tergiverse pas comme certains l'ont fait et le font encore.

« Un jour viendra où le peuple renversera Castro, et le moins qu'il puisse faire, ce sera d'exécuter ceux qui ont collaboré impunément avec le tyran. Les personnes qui préconisent un dialogue avec Castro tout en sachant (comme tout un chacun) que Castro ne lâchera pas le pouvoir de bon gré, et qu'il a seulement besoin d'une trêve et d'une aide économique pour se renflouer, sont tout aussi coupables que les sbires qui torturent et assassinent le peuple, sinon plus, car à Cuba on vit sous une terreur absolue, tandis qu'à l'extérieur, on peut au moins opter pour une certaine dignité politique. »

Les derniers mots du livre : « Je suis seul. C'est la nuit. »

L.-F. Céline

Les colères de Céline sont légendaires et intemporelles : dès son premier livre *Voyage au bout de la nuit*, contre les hommes, les littérateurs, les critiques avec *Entretiens avec le professeur Y.*, les éditeurs, les journaux !... Ou encore les premiers mots de *Mort à crédit* : « Nous voici encore seuls. Tout cela est si lent, si lourd, si triste... » Et il aurait pu s'écrier avec Balzac : « À moi, ce monde que je comprends ! »

« Un déluge mal observé c'est toute une ère entière pour rien !... toute une humanité souffrante qui a juste servi les asticots !... »

Les tempêtes coléreuses de Céline sont si nombreuses qu'elles vous rendraient furieux !

Marcel Proust

Les colères de Proust portent souvent sur les mots qu'emploient les personnes autour de lui — et, bien sûr, sur la jalousie. Il ne manque jamais de relever certains clichés dans les expressions et de noter les caractéristiques spirituelles, morales ou psychologiques qui déclenchent ses colères. Lucien Daudet rapporte que l'un de leurs amis employait souvent les expressions anglaises pour faire chic telles que : *goodbye* ou *bye-bye*, en prenant congé. Daudet raconte : « Cela rendait positivement Proust malheureux [...] il faisait cette grimace de souffrance et d'énervement qui suit l'instant où le bâton de craie a grincé sur le tableau noir. “Comme ça fait mal aux dents, ce genre de choses !” s’écriait-il plaintivement. »

Friedrich Nietzsche

« Quelle bête démente et triste que l’homme ! »
On comprend pourquoi il se faisait de la *bile noire, rouge ou bleue* constamment dans ses *Considérations intempestives*.

Nicolas Boileau

« La colère est sublime et veut des mots altiers. »

Pierre Corneille

« Ce sang qui tout versé *fume* encor de courroux / De voir répandu pour d’autres que pour vous » (*Le Cid*). *Fumer* dans ce vers se dit figurément de la colère.

Vladimir Nabokov

Il suffit de lire n’importe lequel des romans de Nabokov pour se rendre compte de son humour radical et de son ironie essentielle. Tout est tapi derrière chaque phrase qui permet de cerner ses personnages dans leurs actions et dans le mécanisme de leurs pensées. Il faut lire aussi ses fameux entretiens qu'il a donnés, un peu partout dans le monde, intitulés *Partis pris*, dans lesquels il avait réécrit ses réponses aux journalistes. Un volume plein d'allégresse, de rire et d'impertinence inégalée mâtinée de brèves colères. Il s'était mis en colère contre John Updike à propos de son point de vue sur *Ada*.

Un journaliste de la BBC, en 1968, le questionne au Montreux Palace où il s'était retiré. Il lui demande quels sont les auteurs qu'il admire ou ceux qui l'ont influencé. Il répond :

« Je préfère infiniment parler des livres modernes que je déteste d'emblée : les monographies savantes sur des groupes minoritaires, les livres sur les chagrins des homosexuels, le sermon anti-américain sovietnamien, le conte picaresque entrelardé d'obscénités juvéniles. » Un peu plus loin :

« Non, je déteste la littérature de bas étage, je déteste les *battants* arrivistes, je déteste la musique de la jungle, je déteste la science-fiction avec ses nanas et ses monstres, son suspense et ses suspensoirs. »

Sur la réalité et l'imaginaire : « Votre utilisation du terme *réalité* me laisse perplexe. Sans doute y a-t-il une réalité moyenne, perçue par chacun d'entre nous, mais ce n'est pas la vraie réalité : c'est seulement la réalité des idées générales, des formes conventionnelles de la monotonie du quotidien, des nouvelles du jour. [...] La réalité moyenne se met à se décomposer et à puer dès que l'acte de la création individuelle cesse d'animer une texture perçue subjectivement. »

Benjamin Péret

Écrivain surréaliste, il publia *Le Déshonneur des poètes*, en 1945, dans le contexte que l'on connaît. Souvent, il *prenait un bœuf* ou *cassait des emblèmes* — comme il disait. *Prendre un bœuf* ou *casser des emblèmes*, c'est se mettre en colère.

« Car le poète — je ne parle pas des amuseurs de toutes sortes — ne peut être reconnu comme tel s'il ne s'oppose par un non-conformisme total au monde où il vit. Il se dresse contre tous, y compris les révolutionnaires qui, se plaçant sur le terrain de la seule politique, arbitrairement isolée par là de l'ensemble du mouvement culturel, préconisent la soumission de la culture à l'accomplissement de la révolution sociale. »

Daniel Accursi

Accursi est un essayiste spécialiste de Jarry et d'*Ubu Roi* (paru en 1896). Il a écrit : *Merdre* et *La Pensée molle*. Il est parti en guerre contre ce qu'il entend par « pensée molle », la pensée nouille, « *dégoulinante de bons sentiments comme les chutes du Zambèze* » (c'est moi qui souligne). Ses éreintements vous mettent en joie — ils éclaboussent, pétaradent, giclent et laminent tout sur leur passage avec un immense rire dadaïste et une bonne dose de dérision héritée de Marcel Duchamp. « Être artiste, c'est mettre le feu, le feu au conformisme, aux conventions, aux clichés. »

Francis Picabia

Comme certains de ses amis peintres, Picabia piquait des colères, notamment dans son fameux *Jésus-Christ Rastaquouère*, bref livre dont Serge Gainsbourg avait l'édition originale. Il écrit : « Ne travaillez pas, n'aimez pas, ne lisez pas, pensez à moi ; j'ai trouvé le rire nouveau qui donne le laissez-passer. »

Augusto Monterroso

Cet écrivain guatémaltèque (1921-2003) était un modèle d'excentricité rare et d'une créativité sans précédent. Ses livres sont des comètes, des fictions hybrides où son imaginaire nous enveloppe et s'empare de nous à mesure que nous lisons. Il est l'auteur de cette fameuse phrase qui a fait le tour du monde littéraire hispano-américain : « Lorsqu'il se réveilla, le dinosaure était toujours là. » Sinon, il avait quelques colères douces, notamment dans un de ses livres : *Mouvement perpétuel.*

« Tout envoyer au diable, devenir cynique ou se définir comme cynique ou sceptique, renier l'Humanité, émettre la proposition que les chevaux sont meilleurs que les hommes, ce qu'a déjà déclaré Swift avant moi ; mais il faut avoir beaucoup de talent pour le faire sans devenir un simple individu acariâtre. »

Guido Ceronetti

Ceronetti est l'écrivain turinois (né en 1927) par excellence. Cioran était son ami. *Le Silence du corps*, son premier livre traduit en France, a marqué toute une époque. Chroniqueur infatigable dans la presse italienne, érudit énervé, immergé totalement dans la culture européenne et dans les villes italiennes qu'il visite et dont il rend compte avec une singulière humeur et un plaisir certain, il rapporte chaque fois, à travers des révélations historiques, des connaissances étonnantes sur d'innombrables sujets insoupçonnés pour les lecteurs.

« Pour une assiette de pâtes aux haricots et une misérable portion de légumes bouillis, attendus environ une heure au milieu de déments qui fument, jettent de l'argent comme au jeu, s'enfument de mots en s'entraînant de plus en plus dans le néant — vingt-cinq mille lires. »

« Au Palazzo Vecchio (à Florence), on expose les aquarelles viennoises d'Hitler, irrespirables d'opacité. La signature en gothique, à l'encre rouge : Adolf Hitler, "propre et lisse comme une selle" (en français dans le texte). Mais incalculables, dans le monde entier, sont les aquarelles d'Hitler, en visages en discours, théologiens, politiciens, syndicalistes, journalistes... Presque tout est aquarelle d'Hitler dans le monde nivelé et unifié. »

Elias Canetti

Le romancier d'*Auto-da-fé* (1935, traduit en France en 1949) était un homme qui ne faisait pas de bruit, qui n'apparaissait presque jamais en public — comme certains romanciers d'aujourd'hui. Il avait *certaines* réserves, et parfois quelques petits énervements. Il raconte ceci.

Quand Cesare Pavese se suicide le 30 décembre 1949, on trouve chez lui la réflexion suivante : « Il faut que je trouve W.H.I. Bleek and L. C. Lloyd : *Specimens of Bushman Folklore*, Londres, 1911. » Comme par hasard, Canetti possède ce livre depuis 1944, soit depuis seize ans. Livre qui s'est avéré inépuisable pour lui et qui est tout ce qu'il avait en commun avec Pavese dont il ne connaissait que le journal.

Puis en 1947, il lit chez l'écrivain italien cette phrase : « Hemingway est le Stendhal de notre époque. » L'écriture de Canetti sent la colère, lui qui écrit que cela l'a *indigné et révolté*. Trop outré pour pouvoir en juger, il est scandalisé par le fait de réduire Stendhal à un américanisme tapageur.

Canetti termine sa note de Hampstead ainsi :

« Il est surprenant que je me sente si proche de Pavese. [...] Je me sens tellement proche de lui qu'il réussit à me faire sortir de mes gonds avec une remarque inattendue comme celle-là. »

Antonin Artaud

Comme pour quelques écrivains, on pourrait citer toutes leurs œuvres comme contribution à la colère humaine, physique et spirituelle. Les *50 dessins pour assassiner la magie* est un volume publié en 2004. Artaud écrit, à ce propos, dans une note en 1947 : « Le but de toutes ces figures dessinées et coloriées était un exorcisme de malédiction, une vitupération corporelle contre les obligations de la forme spatiale, de la perspective, de la mesure, de l'équilibre, de la dimension [...]. » Ses dessins furent exposés à sa sortie de l'asile de Rodez chez Pierre Loeb, en 1948. Il écrit ce texte qui les accompagne :

« Il ne s'agit pas ici de dessins
au propre sens du terme,
d'une incorporation quelconque
de la réalité par le dessin. »

« D'imprécation en
imprécation
ces pages avancent »

Il définit l'ensemble comme « ardents, / corrosifs, / incisifs / jaillis / de je ne sais quel tourbillon de vitriol. »

Il est rare que l'on rapproche sous ces deux noms le même écrivain pour recueillir des citations de ses œuvres écrites sous *deux identités littéraires différentes* dans un laps de temps très court.

Isidore Ducasse chantait les mille tonalités de la colère : « Les gémissements poétiques de ce siècle ne sont que des sophismes. » Et « devant ces charniers immondes, que je rougis de nommer, il est temps de réagir enfin contre ce qui nous choque et nous courbe si souverainement ».

« Votre esprit est entraîné perpétuellement hors de ses gonds, et surpris dans le piège de ténèbres construit avec un art grossier par l'égoïsme et l'amour-propre. »

Dans *Les Chants de Maldoror*, Lautréamont incarnait, par les multiples figures de son personnage, une tout autre colère. Un *vaste océan.*

« Plût au ciel que le lecteur, enhardi et devenu momentanément féroce comme ce qu'il lit, trouve, sans se désorienter, son chemin abrupt et sauvage, à travers les marécages désolés de ces pages sombres et pleines de poison. »

« Lecteur, c'est peut-être la haine que tu veux que j'invoque dans le commencement de cet ouvrage ! »

Roberto Calasso a publié *La Littérature et les dieux*, un livre magnifique, en 2002. La figure de Lautréamont est définie comme *serial killer*. Son principe littéraire était de tout soumettre au sarcasme, sans emphase. Calasso réalise un remarquable et ingénieux développement littéraire, et une très fine analyse des éléments qui ont fondé l'histoire de la littérature à la fin du XIXe, après Baudelaire, jusqu'à nos jours.

Jules Renard

« Je refuse de savoir ce que peut penser des hommes de talent un homme qui n'en a pas. »

L'auteur de *L'Écornifleur* avait le sens des piques instantanées, des portraits acides. Son *Journal* est une mine de remarques incendiaires. Un exemple : « George Sand, la vache bretonne de la littérature. » Il voulait écrire à la manière dont Rodin sculpte. Et il s'enflammait constamment contre les écrivains qui ne travaillaient pas comme des brutes ! La gloire est un effort constant, disait-il. Finalement, il n'était pas si vache.

Léon Bloy

Ses éreintements ont marqué la littérature française et les écrivains de sa génération qui les ont subis. Ses livres (et son *Journal*) en comptent des pages entières. Il faut les relire.

« Étonnantes jocrisseries des *occultes* (!) qui ont besoin de rires et de grimoires pour sentir la présence du Démon, et qui ne voient pas le Satanisme — à crever les yeux — de leur épicier, par exemple. »

Lichtenberg

Ses aphorismes sont souvent pince-sans-rire.

« Un livre est un miroir ; quand c'est un macaque qui s'y mire, il ne réfléchit pas le visage d'un apôtre. »

Georges Bernanos

Ce n'est pas seulement le romancier de *Sous le soleil de Satan* et de quelques autres romans majeurs, c'est aussi le polémiste et le pamphlétaire de *La Liberté pour quoi faire ?*, *La Grande Peur des bien-pensants* ou *La France contre les robots* — des séries de textes qu'il faut lire pour leur radicalité spirituelle. Il pensait que la civilisation actuelle était « une conspiration universelle contre toute espèce de vie intérieure ».

« Ma seule et modeste vocation dans ce monde est de parler quand tout le monde se tait. »

JOURNAL DE BRUXELLES

Interlude

J'ai évité le commencement de tous les péchés qui est l'orgueil.

Ma *tapisserie* continue à se tisser avec l'expérience et quelques souvenirs de voyage.

Je prends Nietzsche avec moi : « Les côtes ont disparu — maintenant la dernière chaîne est tombée — l'immensité bouillonne autour de moi, loin de moi brillent le temps et l'espace, allons ! courage ! vieux cœur ! »

Dans une agréable maison, rue Henri-Pirène, dans le quartier d'Uccle, j'ai l'habitude d'occuper une chambre, quand je suis à Bruxelles, chez des amis que j'ai depuis plus de vingt-cinq années. Après mes journées ponctuées de nombreux rendez-vous — avec quelques énervements suscités par des retards que je ne supporte guère parce qu'ils décalent complètement la suite de mon *planning* — ou parfois par une conférence, je savoure l'approche de la soirée et ses développements.

Je me retire pour retrouver des livres de la bibliothèque que je n'ai plus l'occasion de consulter. Et à cette heure indue de la nuit, surgissent des idées, des souvenirs et à nouveau des prolongements de travaux en cours. J'ouvre des dictionnaires, des livres en anglais. Je prends alors des notes avant de m'endormir de fatigue vers 2 heures du matin et plus. Quand parfois je ne peux loger chez V. et M., je vais un peu plus loin dans le même quartier, à la Drève des Renards, où sont situées des maisons bordées d'une allée d'arbres non loin d'un bois, chez d'autres amis. Ici, je me retrouve avec des repères différents, avec d'autres livres, dans un espace que je m'approprie différemment, dans une chambre qui donne sur un grand jardin. Et chaque fois, j'ai l'impression que je me construis un lieu invulnérable, une sphère où rien ne peut venir me troubler car ignorée de tous. Quand nous faisons des dîners avec ces mêmes amis, après des vernissages, nous continuons à parler très tard dans la nuit. Le matin, je suis debout le premier très tôt, pendant que tout le monde dort très tard dans la matinée. Ici, chacun a son propre *timing*. J'arpente à nouveau Bruxelles jusqu'au soir. Et le soir, *idem*. Les mots sortent des livres et de ma tête à mesure que la nuit avance. Les idées se reposent sur des feuilles volantes avant de repartir vers Paris, avant d'être transformées par l'ordinateur qui en assure la dernière fixation, ou presque. Puis soudainement, je me demande si je n'ai pas oublié de joindre un ami dans la journée. Lui ai-je donné rendez-vous ? M. R. qui est plutôt un *sudiste* à présent, va bisquer si je l'appelle trop tôt demain matin. Bruxelles, *one more time !* Brève accalmie. Mais d'où viennent certains mots ?

DE QUELQUES MOTS DE MA COLÈRE

Je vous pousse à savourer, à mâcher, à chanter, à vous laisser emporter par ces mots aux multiples sens qui magnifieront votre colère, avec une certaine raison, la métamorphosant en vertu, quand elle s'incarnera physiquement et par le langage.

Je vous demande de me suivre à travers ce choix puisé dans *Le Robert* (Dictionnaire culturel en langue française), ses notes diverses, son avant-texte ainsi que dans d'autres livres.

Histoire du mot.

Colère, n. f. et adj. Dans certaines situations langagières ou dans certaines régions, on dit souvent : *je suis colère* — Au XXIIe : écumer de rage ; XVe ; lat. *cholera*, gr. *khôlê* « bile ». → Jour de colère : *(dies irae)* — Modernité en 1505, adjectif — au XVIe : avoir le feu à la tête ; devenir chèvre, prendre la mouche / « quelle mouche t'a piqué », Furetière, 1690 — irriter les frelons (mettre en colère, XVIe) ; monter sur ses grands chevaux / — non jamais ! — pas de ton hautain ; Sévigné, en 1681 : « Je voue loue, mon cousin, de n'être point monté sur vos grands chevaux pour vous plaindre du maréchal d'Estrées. » ; Saint-Simon : « hors de ses gonds » ; Faire le diable à quatre ; → XVIIe : Bran de la bête et de celui qui me l'a vendue ; *décharger sa rate*, écrit Molière dans *Les Femmes savantes*, 1668 — → XVIIIe : Décharger sa colère, la passer ; il crève dans ses habits ; la lune est sur bourbon ; votre chien mord-il encore ? Se donner de la tête contre le mur ; il rompra tout si on le marie ; dire les patenôtres du singe (claquer les dents de colère) ; il crève dans ses panneaux ; regarder noir → à regarder d'un œil plein de colère ; fumer de colère ; jeter son feu. « Aussi Rebel et Francœur jettent-ils feu et flamme. Ils disent que tout est perdu, qu'ils sont ruinés. » Diderot, *Le Neveu de Rameau*, 1774. Il y a : écumer comme un verrat ! Lâcher les cataractes ; la barbe lui fume.

→ XIXe : Se manger les blancs des yeux. → XXe : Se cailler (rager) ; avoir les glandes ; piquer un bœuf (*Le Canard enchaîné*, 1982) ; le glandomètre au maximum ; les boules ! La colère se passe en disant l'alphabet.

Continuons à faire un peu d'étymologie. *Quelère*, c'est bourguignon ; *colera*, *colra*, provençal ; *collera* en italien, du latin *cholera*, bile colère. Le mot *colère* n'est entré qu'assez tard dans la langue ; on disait avant qu'on prenait l'*ire*. Puis il eut *chaude chole*, pour dire *emportement* et qui fut longtemps employé. Faire absolument la différence entre le colérique et l'homme-colère ! Tout entier colère.

Robert Burton

Dans son *Anatomie de la mélancolie*, Burton parle des délires, des frénésies et des humeurs qui peuvent rejoindre les mouvements de la colère. « L'humeur est une partie liquide ou fluide, contenue dans le corps en vue de sa conservation ; elle est soit innée (c'est-à-dire née en même temps que nous), soit accidentelle et acquise. L'humeur radicale (comme principe de la vie dans le corps humain), ou innée, est quotidiennement nourrie par ce que certains appellent le *cambium* (la troisième humeur de nourrissement), et fabrique les humeurs secondaires que sont la rosée et le *gluten* (quatrième humeur) afin de maintenir le corps en vie. » Burton disait que, finalement, le pouvoir de l'imagination était le grand déclencheur de tous ces maux.

La colère frénétique comme *rosée*.

Le Charroi de Nîmes, poème du XIIe siècle, est une épopée qui s'inscrit à la suite de la *Chanson de Roland*, bien que moins importante. Le motif de cette fiction rappelle la légende du cheval de bois de l'*Iliade*. Comme dans tout poème épique, les répétitions ont leur force de persuasion. Une, notamment, exprime la colère de sire Guillelmes (Guillaume le héros de cette chanson de geste) qui *s'en a un ris jeté* :

« Ot le Guillelmes, a peu n'est forsenez », ce qui signifie : « Peu s'en faut qu'il n'ait perdu le sens de colère. » *Ot*, du verbe ouïr, signifie : « Entend. »

La colère exprime un mécontentement violent et passager qui s'accompagne d'agressivité dans le comportement ou le discours. → courroux, emportement, exaspération, fureur, furie, rage, ire. L'*ire* est aussi un mouvement de l'âme qui porte à nuire à son prochain, par la pensée et l'idée. « Les Ninivites apaisèrent l'ire de Dieu par la pénitence qu'ils firent après la prédication de Jonas. Au jour du Jugement paraîtra le courroux et l'*ire* du Seigneur. »

→ Être en rogne, irascibilité, susceptibilité, violence. *Urere*, c'est brûler. Donat extrait ce mot du verbe *ire*, aller. Il dit pour raison que « l'homme en colère » *(exit a se ipso quadantenus)* sort en quelque manière de soi-même. C'est de là qu'on dit d'un homme revenu de la colère qu'il est « rentré en lui-même ». *Eris*, du grec, c'est la dispute, le débat, ce qui ne se passe guère sans quelque sentiment de colère (Furetière).

« Je n'ai jamais vu un pareil regard ; quand la

colère y montait, la prunelle étincelante semblait se détacher et venir vous frapper comme une balle » (Chateaubriand, *Mémoires d'outre-tombe*).

→ Sortir de ses gonds. *Quand il le faut* !

→ « La colère se connaît à ce caractère qu'elle ne peut choisir : on dit fort bien que la colère est aveugle ; une explosion ou un incendie affecte un certain volume et tout ce qu'il contient » (Paul Valéry, « Fluctuations sur le mot "Liberté" », 9 juillet 1938 (*Le Figaro*).

La colère n'est profitable que si elle est froide.

Fulminer, pester, maronner, râler, furax, fumasse,

→ Il me gonfle ! Une vraie pesterie.

Angry young men (british).

C'est un mot médical qui insiste sur la composante physiologique de cet état psychique.

Anger — *angry*, en anglais, ou *rage*, fait prévaloir la douleur angoissée — *enojo*, en espagnol, *furia* — *Zorn, Grimm*, en allemand.

Une émotion, un état violent, un mouvement de l'âme,

→ Courroux = *wrath* (en anglais).

La colère céleste, divine — *Les Enfants de la colère / Les Raisins de la colère.*

« La vanité ne me donnait que trop de penchant à cette humeur colère » (Rousseau, *Émile*).

Le contraire de la colère c'est le calme et la douceur, la modération.

Théophile Gautier, *Mademoiselle de Maupin* :
« Je me colérais contre moi-même, je m'adressais les plus durs reproches. »

Chez Aristote, la colère implique un désir de vengeance.

« Celui qui reste maître de la colère qui s'élève en lui comme un char qui roule, celui-là je l'appelle un vrai conducteur de char ; l'autre n'est qu'un teneur de rênes » (Dhammapada, *Anthologie bouddhique*).

« La raison veut décider ce qui est juste ; la colère veut que l'on trouve ce qu'elle a décidé » (Sénèque, *De ira*).

« La colère devient une force qui envahit l'âme et la pousse au pire » (*Le Petit Robert*).

Variations

Dans le *Dictionnaire* de Furetière (1690), les mots qui illustrent la colère vous rendent *chèvre*. Du latin *capra*, le mot dérive vers brouter, *carpere*. « Prendre la chèvre », c'est se fâcher légèrement, comme dans le sud de la France, on se *cabre*. Réticent quelque peu à certaines déclarations, par exemple. Dans ces cas-là, on dit : « On ne peut sauver la *chèvre* et les *choux.* » Comme dans les « faits divers » de la France actuelle. Cela peut provoquer une certaine *Animosité* → passion de l'âme qui nous fait témoigner de la colère, de la haine, du ressentiment contre quelqu'un. Tout ça se plaide, se bat avec grande *animosité.* Même si on pense que ces choses n'ont aucun lien. → Cela s'entretient comme crottes de *chèvre.* Et là où la *chèvre* est attachée, il faut qu'elle broute. Donc s'accommoder des choses avec lesquelles on a de l'engagement. Furetière est un vrai *fumant fulminant.* Il aurait pu être *endêvé* par Cécilia S. s'il avait été à la place de son Nicolas. Il serait fort fâché de quelque action ! Dans le *Roman de la Rose*, il y a un vieux mot : *hendeux* (de *endeviare*, « s'égarer de sa voie ») qui signifiait *enragé.* Du Cange dit que le mot *desver* signifiait autrefois « être en délire ». Il y a de quoi ! avec tous ces endêvés, impossibles à gouverner. Sans doute que quelqu'un quelque part se fait une chaude *cole.* De la bile, quoi !

Les emplois métaphoriques du mot *bile* (1539, emprunté au latin *bilis*) et les expressions formées avec lui proviennent de l'ancienne physiologie des humeurs et de ses utilisations psychologiques et caractérologiques. De cette « mauvaise humeur » dérive l'irritation, puis la « tristesse » et la « mélancolie » (bile noire).

Charles de Brosses se *déchargeait la bile* pendant ses voyages en Italie contre les faux détails contenus dans la plupart des livres de voyages qu'il avait sous les yeux, parce qu'il n'y avait pas un mot de vrai.

Mais on peut *se tourner la bile*, « se contrarier à l'excès ».

La nature de la bile *noire* suscite par ses maux d'autres commentaires et références. Hildegarde de Bingen (1098-1179) a beaucoup écrit, notamment sur la médecine, la physique et la mélancolie des hommes. Elle évoquait ces *flegmes* qui souillent les hommes. Elle entend par ces *humeurs* particulières, une certaine amertume, qui les rend *irascibles et revêches* : « Ils ne sont pas très affaiblis, mais ils sont honnêtes et audacieux, et, dans leurs colères, ils font preuve, du fait de cette complexion, d'autoritarisme et de cupidité. » Elle dit, plus loin, que le flegme de cette complexion active une violence extrême, et qu'à certains il permet de vivre assez longtemps (*Anthropologie*).

Enfin ! ce n'est pas un si mauvais diagnostic.

Flaubert dans son *Dictionnaire des idées reçues* :

« COLÈRE : Fouette le sang ; hygiénique de s'y mettre de temps en temps. »

Flaubert écrira, finalement, cette phrase dans un état de grande exténuation :

« La colère n'a pas de force, c'est un colosse dont les genoux chancellent et qui se blesse lui-même encore plus que les autres. »

I lost control. Quand j'entends certaines inexactitudes et de fausses mythologies sur l'histoire du rock et notamment autour de Ian Curtis, le chanteur de Joy Division, le groupe de Manchester, que j'ai interviewé à Paris, en décembre 1979, pour *Rock'n'Folk*, et qui fut photographié lors de cette rencontre par mon ami Régis Jauffret, lors d'un concert aux Bains-Douches, je suis *en rogne*. À l'époque, nous étions seulement deux journalistes qui avions rendu compte de leur surgissement et, bien sûr, Bernard Lenoir pour enregistrer ce concert mémorable, chez lequel j'avais passé, dans son émission à France Inter, toutes les productions musicales de ce label fameux et *furieux* : *Factory*. Cette réminiscence surgit ici, car c'est en octobre 2007 que le film *Control*, réalisé par Anton Corbijn, en noir et blanc, pour raconter l'histoire du groupe, est sorti en France.

Ian Curtis, qui se suicida, avait tous les signes de la *colère blanche, froide*, celle qui n'éclate pas. Il contenait sa bile, sans doute. Sur scène, il virevoltait, tournoyait sur lui-même, spasmodique autour du micro, la voix grave comme sortie des limbes, en transe littéralement, sur un mètre carré de scène, quand il chantait *She's lost control*. Une nuit pas comme les autres dans un *Paris ouvert* sans « crispation » qui demeure encore dans notre mémoire de jeunes *newwavistes* noctambules, allant de concert en concert.

Les poètes parlent encore.

Alexandre Blok

Colère, triste colère
Monte dans mon sein.
Ma sombre colère, ma sainte colère,
Prends ton élan.
Camarade !
Sois vigilant !

Les Douze, I (trad. G. Arout).

Christopher Marlowe

« La Colère : Je suis la colère. Je n'ai eu ni père ni mère. J'ai bondi de la gueule d'un lion quand j'étais à peine âgé d'une heure ; et depuis lors je n'ai fait que courir le monde avec cette paire de rapières, me blessant moi-même quand je n'avais personne avec qui me battre. Je suis né en enfer ; pensez-y, car il y en aura un parmi vous qui sera mon père » (*La Tragique Histoire du docteur Faust*).

DERNIÈRE PROMENADE AVEC QUELQUES ÉCRIVAINS

Soren Kierkegaard

« Le châtiment correspond à la faute : être privé de tout plaisir de vivre, être porté au plus haut degré de dégoût de la vie. »

Pierre Hadot

Dans ses entretiens, *La Philosophie comme manière de vivre*, le philosophe Pierre Hadot répond à une question sur les termes qui suivent :

« Vous me dites : les gens d'aujourd'hui, les gens ordinaires doivent se dire : non, je ne peux pas, je n'accepte pas. Mais quels sont exactement ces gens aujourd'hui, ces gens ordinaires ? [...] Par exemple, il y a des groupes sociaux, des milieux qui sont résolument racistes. Ils disent : non, je ne peux pas, je n'accepte pas, comme cette femme furieuse qui s'était précipitée sur moi, avec des injures, aux environs des années 1950, parce que je disais qu'un Noir était aussi respectable qu'un Blanc. Avant de dire : je ne peux pas, je n'accepte pas, il faudrait se demander d'abord au nom de quoi je ne peux pas, je n'accepte pas. Est-ce parce que mon groupe social m'impose cette manière de voir ? Ou bien est-ce parce que, ayant longuement réfléchi, mes convictions philosophiques m'interdisent de penser comme cela ? Est-ce parce ce que ma religion me l'interdit ? Est-ce parce que la science a démontré que c'était impossible ? »

Friedrich Nietzsche

Souvenez-vous de Nietzsche quand il publie *Le Cas Wagner* et surtout ce qu'il répondit à Mlle de Meysenbug : « Vous n'avez jamais compris ni une de mes pensées ni un de mes désirs [...]. Wagner est un génie de *mensonge* ; et j'ai l'honneur d'être le contraire : un génie de *vérité*... »

Encore un mot de lui et je ne vous ennuie plus !

« La vie est la somme de beaucoup de fracas. »

Ce qui m'évoque immédiatement les « colères errantes » d'Artaud, tout au long de sa vie.

Pierre Drieu la Rochelle

Journal d'un homme trompé. Dans ce livre, le narrateur raconte un moment de sa vie sous la forme d'un journal. Il note ce qu'il endure comme souffrances se sachant trompé :

« Moi, la souffrance me rend bête.

La souffrance, tiens, tiens. […]

Au moment de l'amour, mon âme s'engraissait de son âme (Nelly), et je l'habitais comme une bête habite un bois. »

Le diariste frôle à chaque moment la colère par la souffrance qu'il ressent en évoquant le mensonge et les femmes de sa vie.

Francis Scott Fitzgerald

« Les empoignades, bonnes ou mauvaises, sont un fait nécessaire de l'existence. »

Cette phrase est extraite des *Carnets* de Fitzgerald qui furent publiés aux États-Unis en 1972, puis en 2002 en France. Sa verve légendaire de dialoguiste éclate sur tous les sujets. On découvre sa critique amère et vive de la vie intime dans ses plus violentes crises avec Zelda, sa femme, et le constat qu'il fait de la crise économique de 1930, du grand bouleversement esthétique du roman américain. Il n'est pas non plus étranger à l'ascension du cinéma hollywoodien qu'il stigmatise à sa manière en un détachement insolent. Lorsque j'ai lu, pour la première fois, très jeune, *Les Enfants du jazz*, j'ai été immédiatement séduit par la modernité de sa prose, de ses histoires et la manière incisive de montrer ses personnages (qui devenaient pour moi mythologiques) dans ses romans. Ils nous parlent encore quarante ans plus tard, inventés ou imaginés par son expérience.

DERNIERS TÉLÉGRAMMES DE LA COLÈRE

LITTÉRATURE & CIE. Steinbeck, *Les Raisins de la colère.* Les *colères* de Jean Clair in *Journal d'un atrabilaire* et *Le Lait noir de l'aube.* Jean-Louis Borloo a écrit un livre qui s'intitule *Un homme en colère* (2002). Note : Merveilleuse *Histoire des péchés capitaux au Moyen Âge*, par Carla Casagrande et Silvana Vecchio (*I sette vizi capitali. Storia dei pecati nel Medioevo.* 2000, Giulio Einaudi Editore, Turin et éditions Aubier). Jean-Didier Vincent, *Le Cœur des autres.* Nietzsche, *La Naissance de la tragédie* (1872). Patrice Bollon, *Manuel du contemporain* (2007). Dans cet essai, l'auteur s'élève contre la lourdeur idéologique et l'incapacité d'une société à appartenir à son temps. Être dans son temps et à sa hauteur. « Rien ne se passe sans conséquences : rien ne s'est jamais passé sans antécédents » (Anonyme).

PEINTURE. À voir. « L'Arbre des vices », miniature du *Verger de Soulas*, vers 1300 (BnF). Il faut noter, par exemple, l'importance d'Homère dans l'œuvre de Rubens, de *Thétis plongeant Achille dans l'eau du Styx* (tapisserie de Bruxelles, musée d'Art et d'Histoire) à Thétis recevant de *Vulcain des armes pour Achille,* huile sur bois, qui se trouve au musée des Beaux-Arts de Pau. Il y a aussi la victoire d'Achille sur les Troyens : *Achille vainqueur d'Hector,* tapisserie qui se trouve à Cassel, au Staatliche Museum, et une huile sur bois au musée de Rotterdam qui a le même titre. L'auteur de *La Colère d'Achille*, Charles Ficat, raconte, sous la forme d'un roman, en douze tableaux, les épisodes les plus marquants du personnage de la mythologie grecque : Achille, le roi des Mirmidons, qui a quitté sa Grèce natale pour aller conquérir Troie. Charles Ficat imagine Achille aux Enfers, un peu comme lorsque Ulysse, dans l'*Odyssée*, descend dans le monde des morts et y rencontre Achille qui lui dit regretter la vie. « Et au moment où Achille tue la reine des Amazones, Penthésilée, la transperçant de sa lance et où, en ôtant le casque de ce guerrier, il découvre qu'il s'agissait, en fait, d'une femme. Il s'éprend alors du corps tué de Penthésilée et choisit de s'accoupler avec elle dans une scène très violente où la mort et l'amour ont partie liée. » Peinture : Tiepolo, *La Colère d'Achille* (1757) : dans cette fresque de la Villa Valmarana (Vicence), Athéna retient Achille prêt à tuer Agamemnon. Alexandre le Grand se comparait à Achille et désespérait de ne pas avoir trouvé un Homère pour chanter ses propres exploits. Il sacrifiera sur la tombe d'Achille et de Patrocle. Rimbaud, *one more time* : « Que voulez-vous, je m'entête affreusement à adorer la liberté libre » (novembre, 1870).

MUSIQUE. *Achille et Polyxène* est la dernière tragédie lyrique de Lully, qui n'eut le temps de composer que le prologue et le premier acte. La suite fut terminée par son assistant Pascal Collasse. Dans son opéra *La Belle Hélène*, Offenbach en a fait un guerrier pas très malin, le « bouillant Achille ». Disons que c'est pas terrible ! *Off.* En 1992, le groupe de *heavy metal*, Manowar, a écrit et chanté une chanson inspirée de l'épopée d'Achille : « Achilles, Agony and Ecstasy in Eight Parts », qui figure dans l'album *The Triumph of Steel.* « Achilles Last Stand » est une chanson de Led Zeppelin. Merci C. F. pour me l'avoir fait écouter.

CINÉMA. N'oublions pas : *Douze hommes en colère (Twelve Angry Men)*, 1957, de Sydney Lumet avec Henry Fonda. Ni *Aguirre, la colère de Dieu*, le film de Werner Herzog (1972).

Achille a notamment été incarné au cinéma par Stanley Baker dans *Hélène de Troie* (1956) ; par Arturo Dominici dans *La Guerre de Troie* (1962), et Brad Pitt dans *Troie* (2004).

OBJETS. L'objet extrême contemporain de la colère : l'ordinateur.

Depuis quelques années nous vivons avec de nouvelles aliénations. Elles recouvrent de nouveaux objets, des machines extrêmement modernes qui requièrent des « plombiers » d'un type nouveau, des plombiers électroniques, informatiques et numériques. Car ces machines qui sont les ordinateurs d'un *certain type* ou les téléphones cellulaires, « portables » dit-on encore, aux mille caractéristiques, ont une « part maudite ». Ces machines, qui vivent et se développent avec des logiciels, procèdent aussi de ce qu'on nomme la virtualité. Rien ne nous assure de leur typologie intrinsèque, de leur corps, de leurs matériaux réels, de leur lien avec le savoir-faire basique de l'homme. Nous ne sommes plus dans la configuration simpliste qui consistait à changer des piles ou à rafistoler des fils entre eux. Non ! Ici, nous devons savoir ce qu'est un *tableau de bord*, des *préférences système*, une puce électronique, une carte SIM des codes d'accès, le 3G Edge. Et puis comment tout ça fonctionne-t-il vraiment ?

Imaginez que sur votre ordinateur tous les fichiers disparaissent en une seule seconde, plus rien n'apparaît sur l'écran de votre bureau. Que faites-vous ? Vous essayez dans un premier temps de taper sur les touches selon les marques que vous utilisez, vous éteignez la bête monstrueuse, vous la rallumez, puis vous perdez patience car rien ne se remet en place. Vous appelez un « réparateur » au téléphone. Il essaie de comprendre. Vous passez des minutes interminables sans aucune garantie de réparation instantanée. Tout devient *opaque*. L'ordinateur que vous avez devant vous est un monstre qu'il est impossible de domestiquer. Un type nouveau d'*Alien*. Oui. Et on vous parle de *domotique* ! Non. Vous cognez de nouveau sur l'ordinateur. Vous hurlez au téléphone, vous repoussez la machine jusqu'au moment où vos nerfs lâchent, vous commencez à atteindre petit à petit les prémisses de l'irritabilité, puis les sommets de la folie. Vous levez le camp pour livrer la machine à un « spécialiste » inconnu qui l'envoie pendant trois semaines en cure en Hollande, vous dit-on ! Comme une tulipe qui serait malade ! Incroyable stratagème moderne. Vous bisquez encore une fois ! Puis vous racontez ça à un ami électrobranché qui vous donne le tuyau auquel vous n'avez pas pensé. Trop tard. Le mal est fait. La bête n'est plus là. Vous vous déchaînez. Vous faites mille pas chez vous. Après ces incidents, on évoque — à demi-mot seulement — des *virus informatiques* qui se sont introduits dans votre machine par le Web ou les mails. C'en est de trop. Votre machine est emplie de bactéries inimaginables ! comme le sont les êtres humains malades ou des milliers de choses qui pourrissent naturellement.

Après cette première expérience, vous saurez ce qu'il faudra faire dorénavant — peut-être.

Un autre jour, c'est mon téléphone portable qui n'affiche plus mon répertoire. Dans un premier temps, je balance l'appareil, il rebondit plutôt bien, il clique, s'éteint, puis se remet en marche, mais là il faut lui donner son code, sinon il s'immobilise comme un trépassé. L'opération ne tarde pas à le relancer. Je passe en revue le menu pour retrouver mes contacts avant de devenir chèvre ! Les ai-je sauvegardés dans un autre appareil, dans une autre puce ? Je m'empresse de rechercher tout ça en maronnant à mort comme on dit à Marseille ! Enfin, je remplace l'ancienne puce pour copier l'agenda sur mon téléphone et, ensuite, je refais l'opération inverse en regroupant tout sur la carte SIM de l'appareil. Quel métier ! Maintenant, je suis devenu un expert en ces matières, comme mon ami musicien, Jean F., qui résout presque tous vos problèmes d'ordinateur et de couplage avec des instruments électroniques à distance et au téléphone avec une sérénité olympienne qui me subjugue.

À la cuisine.

Comme vous savez, je n'ai pas un tempérament difficile.

Je suis souvent invité chez des amis pour faire la cuisine au sens où il faut quand même préparer un vrai menu pour des convives qui, bien sûr, vous attendent au tournant puisqu'ils y sont préparés. Dans ce cas-là, il est important de me retrouver dans le lieu adéquat que mon hôte met à ma disposition comme un sésame-ouvre-toi afin de combiner les aliments, les sauces, avec tous les instruments requis pour les préparations que j'ai prévues. Des ramequins, des verrines, de vrais couteaux pour les huîtres, par exemple, et non pas des lames qui blessent les doigts ! Mais, surtout, avoir à ma disposition les ingrédients incontournables pour certaines recettes : des herbes et des légumes frais et non pas surgelés ! Ma réputation est en jeu, vous comprenez. S'il n'y a pas les différents composants et épices pour les plats que je dois cuisiner, je m'énerve. J'envoie alors les amis qui m'invitent à refaire un autre marché ! Sinon, j'y retourne moi-même, en hurlant, chercher de la menthe, de la ciboule ou de la coriandre, des fenouils, des feuilles de moutarde, du pourpier, etc. Avouez que ce n'est pas facile de rester calme dans ces moments d'extrême tension ! Quand il ne manque qu'un seul aromate à la recette qui doit être servie à table, je mets en garde nos invités qui, indulgents, ne tarissent pas de compliments. Et que je freine, sans prendre la mouche, pour finir.

Aujourd'hui, pour éviter les diverses fulminations avec certains de mes amis, j'apporte avec moi presque tous les ingrédients qui me sont utiles, les petites « choses » propres à donner des nuances aux saveurs et du relief au goût des aliments, qui manquent dans une maison pour réussir les plats commandés, et, notamment, certaines sauces comme une mousseline au champagne pour accompagner un poisson. *Faim de colère*. « J'aime que ça cesse quand c'est fini » (Réjean Ducharme).

FINAL

Il y a dans la colère une sorte de beauté implosive de la violence. Une violence qui s'effrite avec l'augmentation de la chaleur du corps et tout à coup procède à une accélération soudaine de la baisse de la température du corps.

Je peux affirmer que la beauté implosive de la colère se propage comme une drogue, un alcool, dans le corps jusqu'aux prémices de l'excitation avant sa disparition, sa distillation dans l'air — autour de soi. Elle s'enfuit et nous cherchons inlassablement à la ressaisir, en vain.

Elle n'a plus le même goût.

La colère est une vertu cachée.

Elle est le *nec plus ultra du goût.*

Toutes mes colères sont dans votre nature.

N'hésitez pas, choisissez-en une et transcendez-la selon votre propre joie. Et si vous avez un certain courage, envoyez-la très loin devant vous.

Ce rare bijou neutralise les autres péchés capitaux. Seule, peut-être, la luxure, par certains points, peut lui apporter une issue libératrice. Le but étant le plaisir ou comment l'obtenir par tous les moyens.

Mais la colère possède cette fierté *nue* qui lui donne tant de qualités, et une souveraineté insoupçonnée. À notre époque.

Elle est un festin nu.

Le charme de la colère n'existe que pour les courageux.

Ma colère est souveraineté. Je vous l'assure.

J'en ai fait *mon petit éloge* singulier.

En un seul et vif énervement passionné.

DÉCOUVREZ LES FOLIO 2 €

Parutions de septembre 2008

Patrick AMINE *Petit éloge de la colère*

De la colère de Dieu à la colère d'Achille, de la chaussure de Khrouchtchev à l'O.N.U au « coup de boule » de Zidane, Patrick Amine, au gré de ses lectures et de ses rencontres, nous entraîne dans une explosion de fureur.

Élisabeth BARILLÉ *Petit éloge du sensible*

Avec Élisabeth Barillé, découvrez qu'en se détachant des choses on se rend plus sensible aux plaisirs qu'elles procurent, apprenez que la liberté, c'est de savoir reconnaître et goûter l'essentiel…

COLLECTIF *Sur le zinc*

De Rimbaud à Queneau, en passant par Zola et Blondin, accoudez-vous au comptoir avec les plus grands écrivains.

Didier DAENINCKX *Petit éloge des faits-divers*

Récits d'événements considérés comme peu importants, les faits-divers occupent pourtant une large place dans nos journaux et notre vie. Dans ces petites histoires de tous les jours, Didier Daeninckx puise l'inspiration pour des nouvelles percutantes et très révélatrices de notre société.

Francis Scott FITZGERALD *L'étrange histoire de Benjamin Button* suivi de *La lie du bonheur*

Sous la fantaisie et la légèreté perce une ironie désenchantée qui place Fitzgerald au rang des plus grands écrivains américains.

Nathalie KUPERMAN *Petit éloge de la haine*

À faire froid dans le dos, les nouvelles de Nathalie Kuperman ont toutes le même thème : la haine. Haine de soi comme haine des autres, la haine ordinaire, banale et quotidienne qui peut faire basculer une vie.

LAO SHE *Le nouvel inspecteur* suivi de *Le croissant de lune*

Avec un humour et une tendresse non dépourvus de cruauté, Lao She fait revivre une Chine aujourd'hui disparue.

Guy de MAUPASSANT *Apparition et autres contes de l'étrange*

Des cimetières aux châteaux hantés, Maupassant nous attire aux confins de la folie et de la peur.

Marcel PROUST — *La fin de la jalousie* et autres nouvelles

Mondains, voluptueux et cruels, les personnages de ces nouvelles de Proust virevoltent avec un raffinement qui annonce les héros d'*À la recherche du temps perdu.*

D.A.F. de SADE — *Eugénie de Franval*

Avec *Eugénie de Franval*, le « divin marquis » nous offre l'histoire tragique d'un amour scandaleux.